小白马

大象先生

The Elephant

〔澳〕彼得·卡纳华斯 著

王紫薇 译

黑龙江少年儿童出版社

黑版权审字：08-2020-108 号

图书在版编目（CIP）数据

大象先生 /（澳）彼得·卡纳华斯著；王紫薇译. -- 哈尔滨：黑龙江少年儿童出版社，2020.9
ISBN 978-7-5319-6629-6

Ⅰ. ①大… Ⅱ. ①彼… ②王… Ⅲ. ①童话－澳大利亚－现代 Ⅳ. ① I611.88

中国版本图书馆 CIP 数据核字（2020）第 173952 号

The Elephant by Peter Carnavas
Copyright © 2017 by Peter Carnavas
Published by arrangement with University of Queensland Press, through The Grayhawk Agency Ltd.
Simplified Chinese Characters Language Copyright © 2020 by Beijing White Horse Time Culture Development Co., Ltd.
ALL RIGHTS RESERVED.

大象先生 DAXIANG XIANSHENG
〔澳〕彼得·卡纳华斯 著 王紫薇 译

出 版 人：商 亮
出 品 人：李国靖
特约监制：陈美珍
责任编辑：何 萌
特约策划：韩 优
特约编辑：韩 优
封面设计：ABOOK STUDIO 殷舍 Design QQ 812784044
版式设计：赵梦菲
版权支持：程 麒
出版发行：黑龙江少年儿童出版社
　　　　　（黑龙江省哈尔滨市南岗区宣庆小区 8 号楼 150090）
网　　址：www.lsbook.com.cn
经　　销：全国新华书店
印　　刷：三河市兴博印务有限公司
开　　本：880mm×1230mm　1/32
印　　张：5.75
字　　数：70 千字
书　　号：ISBN 978-7-5319-6629-6
版　　次：2020 年 9 月第 1 版
印　　次：2020 年 9 月第 1 次印刷
定　　价：36.00 元

版权所有，侵权必究
图书若有印装错误，影响阅读，可向承印厂联系调换

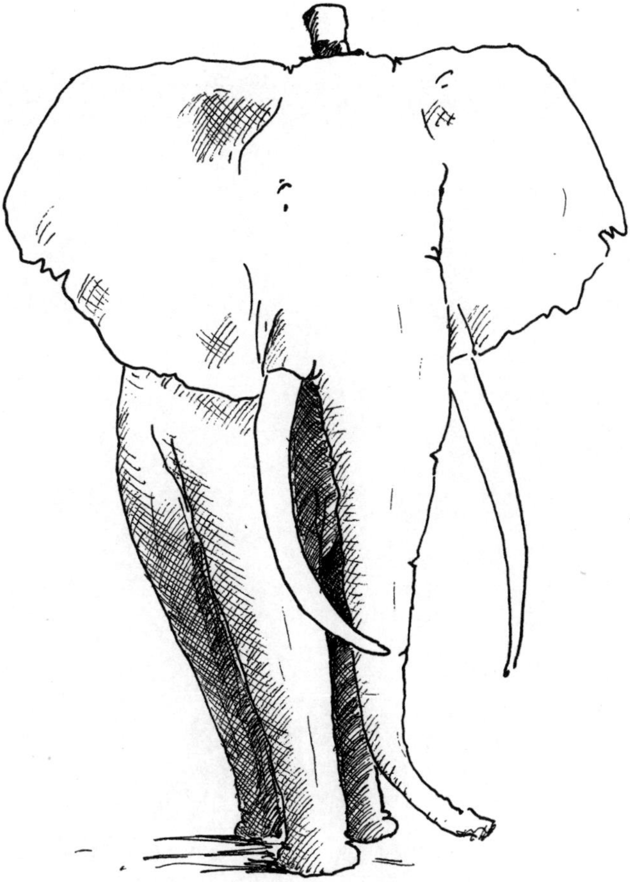

送给亲爱的布朗、苏菲和伊丽莎白

这本书会陪伴

度过漫长岁月

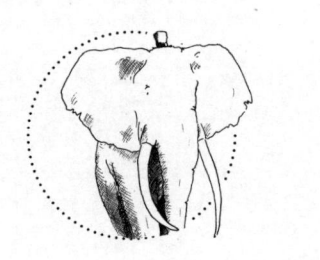

001	那只大象	*021*	午餐
004	外公	*026*	奥莉芙的自行车
008	奥莉芙的秘密基地	*028*	《肩并肩》
011	亚瑟	*035*	那张照片
015	玛琪老师	*038*	床底下

目录
Contents

040　外公的打字机

043　晚餐

048　亚瑟的手风琴

052　亚瑟的书

057　美丽的鸽子

063　黑白老电影

066　色彩缤纷的世界

069　外公的唱机

074　倒挂在单杠上

078　爸爸的照相机

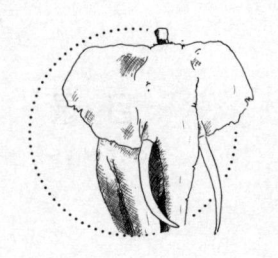

081	蓝花楹树	102	有办法了
085	漆黑一片	104	生日快乐
087	奇怪的声音	108	一件又老又特别的东西
090	苏醒	112	另一件又老又特别的东西
093	纸团	118	天塌下来
098	书里的照片	124	关爱他人的心

目 录
Contents

132　那些动物

138　外公的工具房

141　奥莉芙的计划

143　彩虹色的大象

146　赶走那只大象

154　爸爸的车间

159　奥莉芙的惊喜

164　和它告别

166　特别好的名字

170　感言

172　作者简介

那只大象

奥莉芙一走进厨房，就看到一只大象坐在她爸爸旁边。他们并排坐在木制的小餐桌边，脸上挂着一模一样的疲倦表情望着窗外，仿佛在欣赏一幅从未见过的风景画。那只大象戴着一顶小小的黑色礼帽，巨大的身子投下阴影，填满了厨房。

"嘿，爸爸。"奥莉芙大声打了个招呼。

她爸爸听到后扭回头，无精打采地看向她。

"你好啊，宝贝。"

话音刚落，他就皱起了眉头。"你干吗戴着自行车头盔?"他问道,"我还没修好你的自行车。"

奥莉芙对爸爸笑了笑,希望能用自己的笑容感染他。

"这个嘛,我骑自行车的时候它才是自行车头盔。"她说道,"我现在要去爬树了,所以它是一顶爬树头盔。"

她爸爸点点头,接着继续转头盯向窗外,爸爸旁边的那只大象跟着叹了口气。

奥莉芙打开厨房的后门走到房子外,留下爸爸和那只大象继续窝在厨房里。

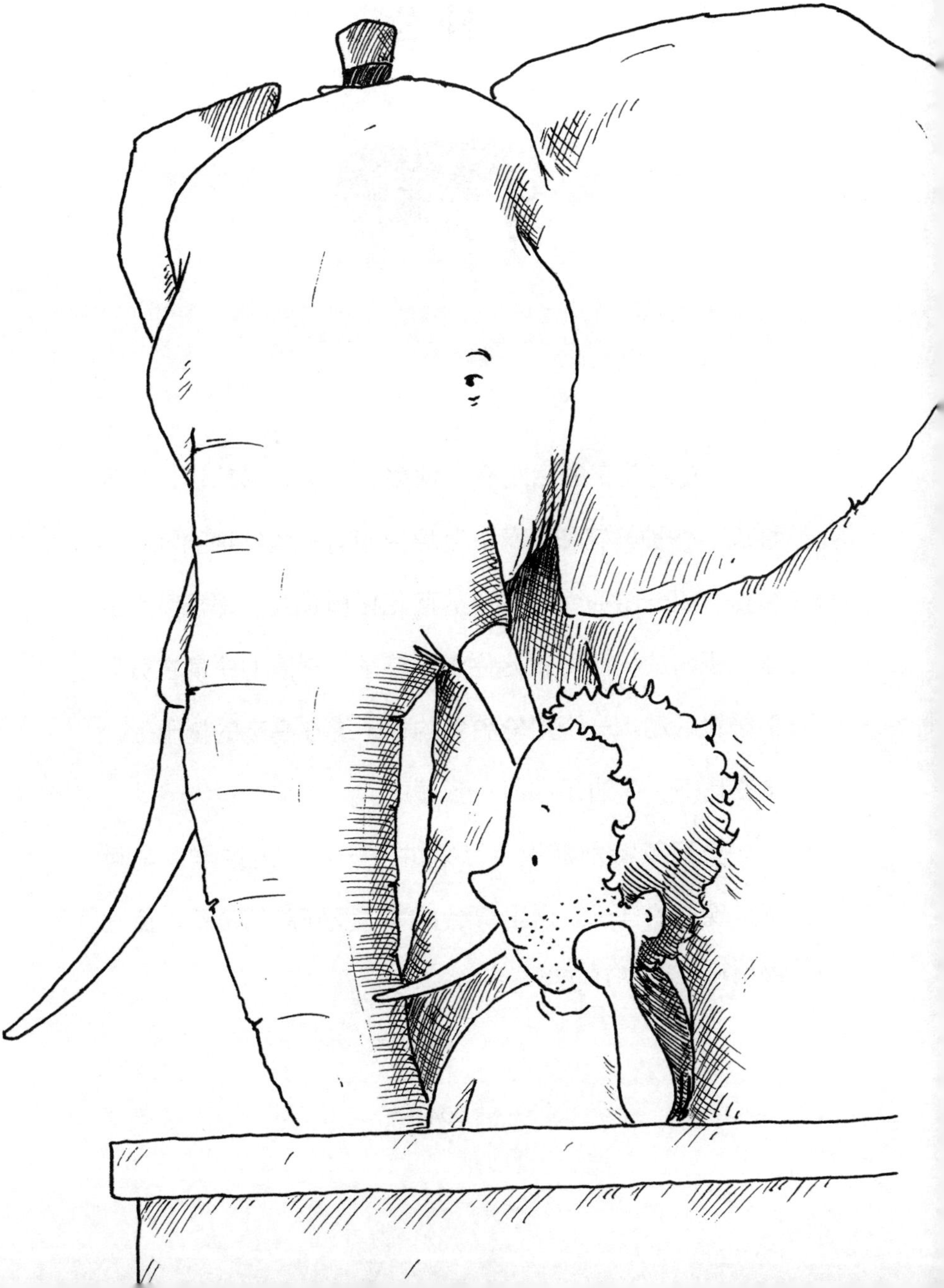

外公

奥莉芙家的后院有一块整齐的长方形草坪,周围种满了各种鲜花和蔬菜。草坪中间有一条细细的水泥小径,可以一路通到围栏边的蓝花楹树那儿。那棵巨大的蓝花楹树的树荫可以遮住半个院子,树荫的轮廓在微风下缓缓跃动。一个用轮胎做的秋千绑在高高的树干上,垂在树下,旁边还放着一张蹦床。

奥莉芙特别喜欢自己家的院子,不过这里以前可不是现在的样子。这里曾经长满了及膝高的杂草,蓝花楹树也几乎不开花。

不过那都是外公搬来他们家之前的事了。

奥莉芙蹦蹦跳跳地穿过草坪往蓝花楹树跑去，外公这时正弓着背在一小块南瓜地里干活儿。

"嘿，奥莉芙！"他大声喊她。

外公喊完后站直了身子。他戴着一顶满是破洞的旧草帽，奥莉芙觉得他看上去像极了一个干瘦的稻草人。

"嘿,外公。"她问他,"那些南瓜长得怎么样啦?"

外公用脏兮兮的手抹了把额头上的汗。

"你可以自己来问问它们。"他回道。

外公一直都喜欢让奥莉芙和各种植物说话。

"你怎么戴着头盔,"他接着说,"你爸爸把你的自行车修好了?"

奥莉芙摇了摇头。这时她感觉有什么东西从她腿上扫过,于是她低下头看去。

原来是弗兰迪。

弗兰迪是一只灰色的小狗,它长着四条小短腿和一条长得出奇的大尾巴。

奥莉芙弯腰在它耳朵后面挠了挠。

"没呢。"她向外公回道,"他还没有修好。"

说完她接着朝蓝花楹树跑去。

奥莉芙的秘密基地

奥莉芙跑到树下，开始爬树。

她之所以今天要戴头盔，就是为了要爬到树干的高处，到她的秘密基地去。她手脚并用，一步一步地慢慢往上爬，最后终于爬到了树顶一个隐蔽的凹槽，然后整个人舒服地窝了进去。

奥莉芙躺好后抬头望向天空。

明净的天空中有一个小小的黑点，高高地挂在小镇上方。奥莉芙仔细看了看后才发现，那是一只呈 V 字形的小鸟，它的样子简直就像是谁用铅笔在天上打了个钩似的。

　　如果从那个高度、从那只鸟的翅膀上往下看，整个小镇会是什么样的？可能会像故事书上画的小镇那样，像个玩具村吧。奥莉芙在脑海中想象着那个样子：整个小镇就像一条用碎布拼成的小床单，所有房子的房顶都变成了五颜六色的小方块，松松垮垮地缝在上面。在她的想象里，那些在街区房屋间交织的狭窄的灰色小路，变得像蛋壳表面的裂纹一样细，那些郁郁葱葱的大树变成了翻涌飘逸的深绿色云彩，而她家的后院看上去可能还没她的指甲盖大。

　　奥莉芙一直望着那只小鸟，看着它越变越小，从天上的一个小黑点直至消失不见，仿佛和天空融为了一体。

　　它是怎么做到那么轻松自在的呢？奥莉芙把目光收了回来，转到了她家的后院里，落到了她家的房子和厨房窗户上。

当她想起那只大象,所有轻松自在的感觉顿时消失不见。

那只把她爸爸笼罩在阴影下的灰色大象。

爸爸吃早餐的时候它待在一边。

爸爸去上班的时候它拖着沉重的步子跟在后面。

晚上爸爸回到家,它还卧在他旁边,让整个屋子都变得沉重又压抑。

每一天她都能看到那只大象。

而每一天,她都希望它能消失。

就在这时,一阵急促的叫声把奥莉芙的思绪拉了回来。她低头,看到树底下弗兰迪正竖着长长的尾巴,一对儿水汪汪的眼睛直勾勾地望着她。

亚瑟

第二天是新学期开学的日子。奥莉芙的同桌亚瑟是一个个头儿小小的男孩子,他有一头小鬈发和一双深棕色的眼睛。这双眼睛常常盯在一些又厚又大的书本上,譬如《神奇的青蛙世界》或是《你不得不知的世界常识》,但有时当亚瑟给别人讲故事或是满操场乱跑的时候,他的眼睛里会有一闪一闪的亮光在跳动。

亚瑟是奥莉芙最好的朋友,因为她可以跟他分享任何事情,什么事情都可以。

"一只大象?"亚瑟惊讶得倒吸了一口气,"在你家里？"

奥莉芙点点头。

"但是——怎么可能？"亚瑟用力眨眨眼，"这到底是怎么回事？"

奥莉芙扫了一眼教室，其他孩子都在忙着削铅笔和整理他们的书桌。

"这件事解释起来有点儿难。"她说道,"总之,它一直都跟着我爸爸。只要爸爸看上去难过的时候,我都能看到那只大象在。"

"它在那儿干什么?"亚瑟问。

"也不干什么。"奥莉芙说,"它就待在那儿,让我爸爸无论做什么都特别沉重,特别艰难。"

这时,班上其他同学都坐在了自己的座位上,奥莉芙和亚瑟不得不放轻声音,把他们的对话隐藏在教室嗡嗡的说话声中。

"那只大象出现多久了?"亚瑟问。

"从我记事起就在了。"

"你之前怎么都没跟我说过?"

"我现在告诉你了呀。而且,我之前不确定你会不会相信我。"

亚瑟拧着眉摇了摇脑袋,然后边眨眼边开口。

"我相信你,但是——好吧,那只大象是真的吗?"

奥莉芙向亚瑟靠近了些,把声音压得更低。

"其实,也并不是的。"她悄悄地说完这句就没法再说更多,因为玛琪老师这时开始对全班讲话了。

玛琪老师

"早上好，孩子们。"玛琪老师精神抖擞地说，"希望你们都度过了一个美好的假期。"

玛琪老师是个身材纤细、性格开朗的女人，每时每刻都能给人如沐春风的感觉。她脖子上叠戴了一大串项链，耳朵上挂着两个像小呼啦圈似的塑料耳环晃来晃去。她的头发很有美感地堆在一起，就像一个用弯弯绕绕的头发编制的橙色鸟巢，上面还装饰着很多发带、发卡和花朵，像是争先恐后要从密密麻麻的头发里蹦出来似的。

她在讲台上的样子也差不多如此。

讲台上高高地摞着各种书本、文件夹和试卷，铅笔、圆珠笔、计算器和数数方块也堆得到处都是。在那些东西下面的某个地方可能还压着一个网球，还有一顶她去操场值班时才会掏出来的软塌塌的太阳帽。堆满了东西的桌面上还安稳地放着一瓶枯了的鲜花。玛琪老

师永远都不能马上找到自己要的东西,每当她手忙脚乱时,都会让孩子们乐个不停。

"这个学期,我们每个人都要分享一些非常重要的东西。但在这之前我想先问一下,有没有人知道我们学校的'年龄'有多大?"

奥莉芙和亚瑟对视了一眼然后都耸了耸肩。

"有人知道吗?"玛琪老师问。

一个长着大耳朵的高个子男生唰地举起了手。

"嗯,我不知道学校'年龄'具体多大,但我知道学校肯定很'老'了。"他说道。

"你为什么这么觉得呢,凯尔?"玛琪老师问他。

"因为布里格斯老师已经在这儿教了一辈子书,他都快有一百岁了。"

班上顿时哄堂大笑,孩子们看见玛琪老师面无表情后才收敛了笑声,不过奥莉芙发现了她忍俊不禁地弯了弯嘴角。

"今年即将满一百岁的,是我们的香柏山小学,可不是布里格斯老师。"玛琪老师说道。

班上的孩子们在听到那个数字时,纷纷瞪大了眼睛,露出惊讶的笑容。

"所以,"玛琪老师深吸了一口气,"我们在这个学期末要举办百年校庆的派对。"

这次,欢呼声和掌声响彻了教室。玛琪老师一直等到他们平静下来。

"既然这所学校已经这么'老'了,趁这个机会,我们也来研究一些很老的东西——那些在我们的生活中、我们家里面的老东西。等到学期末的校庆派对上,我们再把这些东西展示给全校的人看。"

说完她踩着小碎步跑到教室的一边。

"今天,我带了一件东西来给大家开个头。"她睁大眼睛用温柔的声音说道,仿佛即将分享一个秘密,"这个东西年纪很大,也很特别。"

所有的孩子都稍稍从椅子上探出身子，望着玛琪老师旁边那个被毯子盖着靠墙放的东西。奥莉芙之前都没注意到那里放了东西。

玛琪老师抓着毯子，即将揭晓这个惊喜。

"这是一个很久、很久以前的东西。"玛琪老师说完掀开了毯子，孩子们随着她的动作发出了惊讶的吸气声，然后开始笑着小声讨论起来。

"这是一辆自行车！"班上有人大声说了出来，仿佛其他人都还没认出来这个东西。

但这并不是一辆普通的自行车。正如玛琪老师所说，它的年代非常久远，而且很特别。

"这是我父亲送给我的自行车。"玛琪老师说，"而我父亲又是从他的父亲那里收到它的。也就是说，这辆自行车真的非常、非常'老'了。"

玛琪老师让孩子们上前来近距离观察这辆自行车。他们一会儿用手指摸摸车架上的油漆裂缝，一会儿拨一拨车轮上锈迹斑斑的辐条，好像弹竖琴似的。

"在接下来的几周里，我们每个人都要来分享一件像这样的东西。"玛琪老师拍拍自行车把手，盯着自行车说道，"我希望你们开始想想自己家里有哪些很'老'却很特别，构成了你生活一部分的东西。"

看着这辆老旧的自行车，奥莉芙无比清楚地知道自己想要带什么东西来。

午餐

午餐时间，奥莉芙和亚瑟并排坐在手球场边。亚瑟对着自己的果酱三明治皱了皱眉，然后瞄向奥莉芙的午餐盒。奥莉芙有一摞五颜六色的餐盒，每个里面都藏着不同的好吃的：水果沙拉、稠稠的带着卷的酸奶和自制的奶油曲奇。

"真希望你外公也能给我准备午餐。"亚瑟羡慕地嘀咕。

奥莉芙笑了笑，然后舀了勺酸奶送进嘴里。

亚瑟小小地咬了一口自己三明治的面包边。

"你知道我打算带什么旧东西来吗？"亚瑟对奥莉芙说，"我爸爸有一个特别旧的乐器。当你把它挤来挤去时，它会发出很好笑的声音。我就打算带那个。"

一只麻雀在他们面前跳来跳去，啄地上的面包屑，接着又飞走了。

"我想带我的自行车来。"奥莉芙看着远方，面无表情地说，"如果我爸爸能把它修好的话。"

"你爸爸不是连汽车都会修吗？"

"是的。"奥莉芙回道，"他很会给别人修东西，但是我的东西除外。"

亚瑟把他的三明治放回餐盒，然后拿起自己的苹果从磕坏了的地方开始啃起来。

"嗯，奥莉芙。"他小心翼翼地问，"你能不能再多跟我说一些关于那只大象的事？"

奥莉芙转头看向他棕色的大眼睛。

"还有别人能看到它吗？"亚瑟问。

奥莉芙举着勺子的手定在了空中。

"没有,只有我能看到。"奥莉芙说这话的时候声音里充满了惊讶,"你知道吗,我爸爸心里有很多悲伤,他已经难过很久了。我把那些悲伤想象成了一只灰色的大象,它如影随形地跟着他。那就是我看到的东西。"

"就像一个幻想出的朋友那样？"

"是幻想出的敌人才对。"奥莉芙说。

亚瑟小小地咬了一口苹果："那么，它每天都在吗？"

"每时每刻都在。"奥莉芙说到这儿打开了话匣子，"只要有那只大象在，爸爸就什么都做不了。那也是他不给我准备午餐、不给院子除草，也永远修不好我的自行车的原因。"

奥莉芙说完后，她和亚瑟都沉默了。其他孩子这时都已经合上了餐盒，像一群突然起飞的小鸟似的，急匆匆地向操场和橄榄球场跑去。

最后，亚瑟站了起来。

"你知道我是怎么想的吗？"他把吃了一半的苹果像麦克风似的举着说，"你只有先修好你爸爸，他才能修好你的自行车。"

奥莉芙皱了皱鼻子："我要怎么样才能修好他？"

"简单。"亚瑟边说边咔嚓咬了一口苹果,"把那只大象赶走就行。"

奥莉芙咯咯笑了起来,因为她突然明白了三件重要的事情。

亚瑟的确是个怪人。

亚瑟说得一点儿没错。

亚瑟是这个世界上最好的朋友。

奥莉芙的自行车

到了放学回家的时候,奥莉芙徘徊在教室外没有走。等到其他孩子都离开后,她敲敲门,然后小心翼翼地朝玛琪老师的讲台走去。没有其他孩子在的教室安静得出奇。

"你好啊,奥莉芙。"玛琪老师在讲台上那堆东西里翻来翻去,"我正在找——你有没有看到——唉,算了。"

"玛琪老师。"奥莉芙对她说,"我走之前能不能再看一次那辆自行车?"

玛琪老师停下了翻文件的动作笑着说:"当然可以。"

奥莉芙蹲在那辆老旧的自行车前。它的链条被铁锈卡死了,坐垫也已经脱线,虽然车身上大部分地方也都脱了漆,但奥莉芙还是看得出来它曾经是漂亮的橘红色。虽然这辆自行车已经又破又旧,但它在新的时候,还有活力的时候,一定特别好看。看着它,就像在看一块化石,让人忍不住去想象它曾经美丽的样子。

最让奥莉芙高兴的是,这辆自行车和她自己的一模一样。

《肩并肩》

外公在学校大门口等奥莉芙。他戴着那顶旧旧的稻草人帽子，肩上挂着紫色的双肩包。奥莉芙知道那意味着什么，于是加快了脚步。

"嘿，外公。"奥莉芙边说边搂住他。

"你好啊，宝贝。"

"今天去哪儿？"奥莉芙问他。

外公把他胡子拉碴的脸凑到她脸边，神秘地说："先保密。"

自从外公搬来后，他就接管了家里所有日常工作，像是打包午餐和做晚餐,以及其他类似的事情。他似乎很享受做这些,而且他也别无选择,因为奥莉芙的爸爸不是忙着工作就是盯着厨房的窗外发呆。而有外公在身边最棒的地方在于,他有时还会做一些不普通、不是每天都有的事情,比如今天这样。那个紫色双肩包就是做这些事专用的。奥莉芙只要一看到它,就知道外公又计划了什么好玩的事情。

"你能不能给我点儿提示?"奥莉芙边问边蹦蹦跳跳地和外公并排走在人行道上。

"不能。"外公毫不犹豫地回绝。

外公每迈出一步,奥莉芙得跨四步才能跟上。

"那你能告诉我那里有多远吗?"奥莉芙接着问。

"不是很远。"

这时,奥莉芙想起了那首她和外公都很喜爱的老歌。那首歌叫作《肩并肩》,他们从家往学校走的路上经常一起唱。"我们要唱多少遍《肩并肩》才能走到那里?"奥莉芙问。

外公想了一会儿,说:"我觉得,大概五遍吧。"

说完他们开始边走边唱了起来。他们每次完整地唱一遍,奥莉芙就会掰着手指记个数。唱完第一遍的时候,他们走到了离学校一个半街区远的地方。唱完第二遍时,他们经过了街角的杂货店,那里有他们最喜欢的奶昔。当他们唱完第五遍的时候,他们走到了板球场。

"你看。"外公高兴地说,"我们到了。正好五遍,跟我想的分毫不差。"

奥莉芙茫然地看着空荡荡的球场。"板球?"她问道,"我们要来打板球吗?"

外公摘下草帽给自己扇了扇风。

"当然不是。"外公说道。

他们穿过球场,翻过一道金属栏杆,然后爬上了一个长满青草的小山丘。

他们在山顶坐了下来。

在这里，他们不但可以俯瞰整个球场，还能看到延伸向远方的整个小镇。奥莉芙这次没有想象自己搭在小鸟的翅膀上飞翔，但是眼前的一切看起来都变得特别小。

"你妈妈像你这么大的时候，我常带她来这里。"外公感慨地说。

奥莉芙用力咽了下口水。每次外公谈起妈妈时，她的嗓子就像被什么堵住了似的："我不知道妈妈还会打板球。"

"她可不会打。"外公说，"我们都是来玩儿这个的。"

外公从双肩包里抽出一张纸，然后在手里这样折折，再那样折折，直到一只完美的纸飞机出现在他饱经风霜的手里。他站起来把纸飞机扔了出去。纸飞机从栏杆上方滑过，一路朝着球场中央飞去，仿佛一条在海里穿梭的鱼，在空中划出一道笔直的线条。它飞啊飞啊，飞得又稳又快,最后降落在球场的正中间。

奥莉芙先是惊讶地张大了嘴巴,然后开心地笑了起来。

"它一直都在不停地往前飞。"奥莉芙感叹着。

外公笑着把手搭在她头上说:"轮到你了。"

在外公的帮助下,他们把一张纸先这样折折,再

那样折折，最后，奥莉芙的手上也出现了一只漂亮的白色纸飞机。

"来试试吧。"外公对她说，"让它飞出去！"

奥莉芙站起来，用力把它扔向球场上方。纸飞机在草地上空划出一道平稳的弧线，最后落在了第一只纸飞机后几米远的地方。

奥莉芙轻轻地笑了起来，她的眼前有洁白的纸飞机、优美的弧线和柔软青翠的草地,身边有紫色的双肩包、外公金黄色的草帽,抬头望去,还有像一把雨伞似的笼罩着整个小镇的浅蓝色天空,这一切都是那么简单又美好。

她试着想象妈妈还是个小女孩的时候,站在山丘上的样子——她小小的手拿着白纸折来折去,然后把一只纸飞机用力向球场扔去。她是不是也像自己一样,在这个下午高兴得又跳又笑?

对奥莉芙来说,想象妈妈小时候的样子真的太难了。

因为,她几乎连妈妈长什么样子都想不起来。

那张照片

回到家后,奥莉芙躺到了床上。弗兰迪躺在她旁边,把一只旧袜子一会儿往天上扔,一会儿又扯来扯去地在玩。

奥莉芙拿过床头灯旁的相框。

相框里是她父母的照片。

他们俩的合照。

照片里,她爸爸一只手搂着她妈妈,另一只手插在牛仔裤的口袋里。爸爸笑得特别灿烂,连眼睛都快笑没了。他们俩都笑得眼睛眯成了一条缝。奥莉芙很久都没见过爸爸笑得眼睛眯起来的样子了。

照片里,妈妈戴着的白色帽子似乎在拍照的一瞬间差点儿被吹走。她没有看镜头而是看着爸爸,仿佛用眼神在说世界上没有任何事比他更重要。他们像被汪洋大海包裹着,海里涌流的全是只有他们俩才知道的秘密。

在拍完那张照片的一年后,奥莉芙出世了。接着又过了一年,她妈妈永远离开了这个世界。

奥莉芙把相框抱在胸前，想着她爸爸现在的照片会是什么样子。照片上肯定既没有微笑，也没有那一片秘密的海洋，只剩爸爸自己和那只拼命挤进镜头的大象。

她眨掉一滴眼泪，然后发现弗兰迪跑到了她脚边。它把头低低地埋在被子里，呜呜地叫着安慰她，就像每一次知道奥莉芙难过时那样。

床底下

笃、笃、笃。

是外公在敲奥莉芙的门。

"你还好吗?"他在门外问。

奥莉芙请外公进来,弗兰迪立刻钻到了床底下。外公发现了奥莉芙手上的相框。

"需要我帮你高兴起来吗?"外公问她。

奥莉芙点点头。

"那就开始吧。"外公说,"跟我说说学校里的事吧。"

于是，奥莉芙告诉他自己需要找一件很"老"很特别的东西带去班上展示。

"我想带我的自行车去。"奥莉芙告诉他。

"这样啊。"外公轻轻地说。

他缓缓地点了点头。奥莉芙知道，那辆自行车对他来说也很特别。

"那是你妈妈的旧自行车。"他说，"车子很漂亮。"

"我知道。"奥莉芙拧着被角说，"但是爸爸还没把它修好。他把它带去自己的车间了，我之后就再没见过它。"

"这样的话，"外公睁着又大又亮的眼睛说，"我还有些别的东西，你或许会喜欢。"

外公的打字机

在房子前那间他们叫作阳光房的房间里,放着一张粗糙的木桌,外公的打字机就放在桌上。它黑色的机身上长着几点小锈斑,上面的按键又小又圆还闪着亮光,仿佛一个个被金属手臂举着的迷你茶盘。只要按下按键,一个小金属锤就会伸出去敲在色带上,把一个字母印到纸上。打字的时候它会发出清脆悦耳的金属撞击声,而奥莉芙最喜欢听的,就是每次快打到纸的最右边时,打字机发出的铃声。

叮!它会说,纸上快没位置啦!

关于这台打字机，奥莉芙从前仅仅知道它已经跟随外公大半辈子了，现在，她打算再多了解一些它的故事。

"这台打字机曾经让我和你妈妈很亲近。"外公有些出神地说。

"那是什么意思？"奥莉芙不解地问。

"你妈妈以前很喜欢诗歌。她长大后，从家里搬出去，我常常把她最喜欢的诗歌打印出来寄给她。虽然

我可以直接给她买一本诗歌集，但是用打字机把它们打印出来才有特别的意义，因为这样她就知道我一定也读过了这些诗，并且能按照这些诗歌应有的排列格式打印出来。只有这样，这些诗才成了我们彼此分享的内容。"

奥莉芙用手指滑过那些按键，然后发现外公在用手帕轻轻擦眼睛。她爬上他的膝头，用自己小小的胳膊紧紧搂住了他。

晚餐

吃晚餐的时候,奥莉芙坐在爸爸和那只大象的对面。她脑海中不断想起亚瑟的话。

你只有先修好你爸爸,他才能去修好你的自行车。

可是奥莉芙根本不知道该如何开始。

她想出来最好的方法就是用和爸爸聊天的方式,告诉他学校里又"老"又特别东西的事,以及为什么她比之前更需要自己的自行车被修好。

"你今天修好了几辆车?"奥莉芙问爸爸。

她爸爸正在慢慢地嚼着嘴里的东西。"只修了一

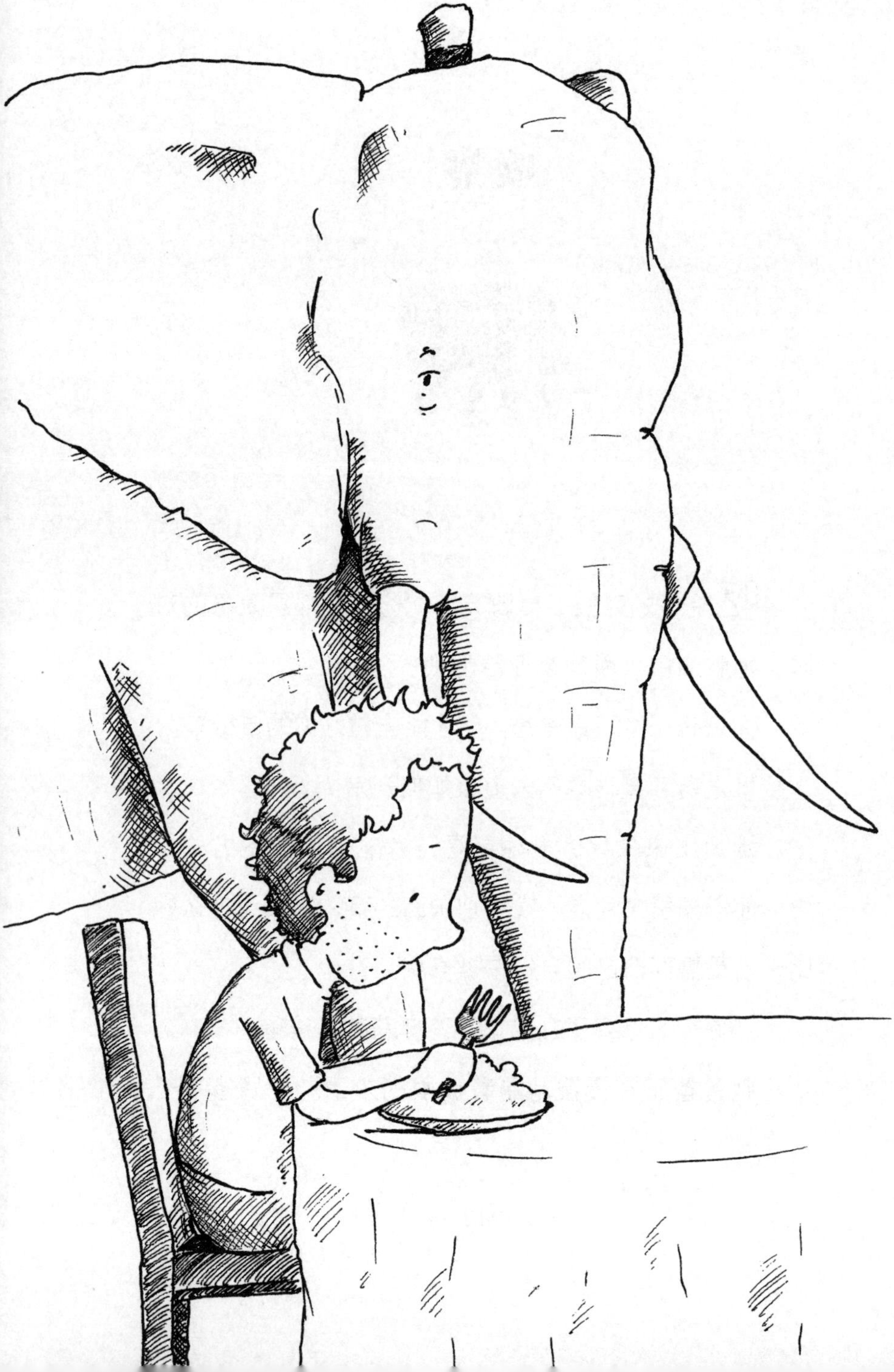

辆，"他顿了一下说，"和半辆。"

说完他又嚼了几下。

奥莉芙试着换了一种说法。

"玛琪老师今天给我们展示了一辆自行车。"她说道。

这一次爸爸终于从盘子前抬头看了过来。

"那是一辆特别特别'老'的自行车。"奥莉芙对他说，"虽然整个车身都生了锈，漆也掉得差不多了，但它还是特别好看。"

爸爸点点头，然后继续看着盘子咀嚼。

奥莉芙鼓起勇气再一次尝试："我们需要带一些很'老'很特别的东西去学校。"她说道。

说完奥莉芙瞥了眼外公。他扬着眉毛冲她点点头，鼓励她继续。

"我很想带我的自行车——就是妈妈的旧自行车去。"

爸爸把手里的叉子放到盘子上。

"你现在还在修它吗？"奥莉芙问他。

爸爸支起手臂，下巴抵在拳头上看向她。

奥莉芙等着他对自己说些什么。

她等着他说一说那辆自行车，告诉自己车身的形状和座椅的颜色。

她等着他用充满深意的眼神看着自己，就像有一些只有他们俩才知道的秘密那样——就算那些秘密汇不成一片海，至少也能装一整杯。

她等着那只脏兮兮的灰色大象摘下礼帽，向他们道歉，然后消失在门外的夜色中。

可是，她爸爸一言不发地继续吃起了晚餐。那只大象从鼻子里重重地呼了口气。

奥莉芙感觉到弗兰迪在桌子下蹭自己的脚。

她拍了拍它毛茸茸的脑袋，然后想起了亚瑟给她的另一个建议。

赶走那只大象。

于是她用只有弗兰迪能听到的声音悄悄问它:"我该怎么做呢?"

亚瑟的手风琴

几天之后,玛琪老师坐在她堆得乱糟糟的讲台边。

"现在,孩子们。"她说道,"在校庆派对上展示那些很'老'很特别的东西之前,我们要先轮流把它们带到班上来展示。所以,我需要把你们准备带的东西先列出来。"

同学们一个接一个地报出他们要带的东西。

一部旧电话。

一个喷水壶。

一架望远镜。

一张藏宝图。（玛琪老师听到这个的时候挑了挑眉毛，不过还是写了上去。）

轮到奥莉芙报她的东西了。

"一辆自行车。"她低头挠着膝盖说，"不出意外的话。"

玛琪老师继续问亚瑟。

"其实……"亚瑟一边在桌子底下摸索一边说，"我今天已经把它带来了。"

玛琪老师还没来得及说什么，亚瑟已经站到了讲台上。他举着一个六边形的奇怪盒子，像是在炫耀，一脸傻乎乎的自豪。他故意大声咳了两下，清了清嗓子，引得同学们发出一阵咯咯的笑声。

"这是一个手风琴。"亚瑟一边介绍一边举给全班同学看。"它是一个乐器。"他接着说，"是用手挤来挤去演奏的。"

教室里又响起了一阵笑声。

亚瑟按着那个盒子边上的几个键,接着一开一合地挤压起来。一声刺耳又断断续续的声音在教室里炸响,听上去就像一群汽车在参差不齐地按喇叭。同学们咯咯的笑声变成了放声大笑。

有些同学笑得从座位上掉了下来,或者说他们假装掉了下来。还有一些,比如奥莉芙,乐得都快喘不过气了,一边咯咯笑着一边吸着鼻子敲桌子。亚瑟自己也在边笑边演奏,不过他闭着眼睛,试图让自己看上去很认真的样子。

"很好，亚瑟。"玛琪老师在一片喧闹中喊道，虽然她也笑得喘不过气，憋得满脸通红，"你能跟我们说说它的故事吗？"

"这是我爸爸的手风琴。"亚瑟说，"不过它其实是我奶奶的。我想，她过去应该常在派对上拉手风琴，但是现在却不怎么拉了。"

"为什么不？"班里有同学大声问。

亚瑟用他深棕色的眼睛一一打量着班里的同学，仿佛那个答案就写在他们其中某个人的脸上。

"这个嘛，"亚瑟说，"可能是因为她很久都没参加过派对了。"

说完他最后用力拉了一声，班上再一次爆发出笑声。

亚瑟的书

"你刚才表现得太棒了。"奥莉芙对溜回座位的亚瑟说,"我是说,虽然你拉得很差,但是看起来特别好。"

亚瑟笑着把手风琴塞回乐器盒里。

接下来是默读时间。奥莉芙从书桌里抽出一本破破烂烂的小说翻了起来。虽然玛琪老师一直强调默读时要保持安静,但班里大多数孩子还是会小声说话,因为玛琪老师常常在桌子底下找东西,根本顾不上他们。

"你爸爸修好你的自行车了吗?"亚瑟扭头小声

地问奥莉芙。

奥莉芙摇了摇头。

"那只大象还在？"

奥莉芙点点头。

亚瑟往身后瞄了一眼，然后从书桌里拖出一本奥莉芙迄今为止见过的最大的书。他把书立起来给她看上面的标题。

《大象百科全书》。

亚瑟把书平放到自己的书桌上。奥莉芙试图看自己的书，但是眼睛却忍不住一直往亚瑟那儿瞟。亚瑟翻开书，眼睛盯着上面，边看边小声讲给奥莉芙听。他轻飘飘的声音里充满了力量。

"大象是陆地上体形最大的哺乳动物。"亚瑟告诉她，"它们一生都在不停地生长——最多能长到四米高、十吨重。"

奥莉芙咽了一下口水，感觉嗓子涩涩的。原来她爸爸的大象还会变得更大。

"大象最长可以活到七十岁。"亚瑟继续说。

奥莉芙把脸埋进了手里。它永远都要跟着爸爸了。

亚瑟继续边看边小声告诉奥莉芙那些动物知识。他每看到一点儿内容就替奥莉芙出一个主意,让她能赶走生活中的大象。

"大象的食物是树皮、小草和树叶。"亚瑟说,"不如你用一根鲜嫩的树枝把它引到房子外面?"

这个主意让奥莉芙露出了笑容。

"大象喜欢洗泥巴浴。"亚瑟说,"你可以把它推到学校后面的沼泽里。"

奥莉芙咯咯笑出了声。

"我想到了!"亚瑟大喊一声,完全忘了自己在说悄悄话。

玛琪老师从一个书架后看向他,亚瑟一直等到她把头转开才继续说下去。

"不如你打扮成狮子的样子吧?狮子在特别特别饿的时候会攻击大象。"

奥莉芙想象着自己顶着乱糟糟的鬃毛、挥舞着锋利的爪子跳到爸爸面前的样子，笑得更欢了。

"我不确定那样能不能吓走大象。"奥莉芙对他说，"但是我爸爸绝对会被吓一跳。"

"我知道。"亚瑟说着耸耸肩，奥莉芙知道他这是想明白了。如果那只大象是书里说的那种，亚瑟那些办法或许能管用。

但是她爸爸的大象不一样。

它不吃树叶。

它不洗泥巴浴。

只要她爸爸还在难过，就什么都吓不走它。

美丽的鸽子

那天下午放学后,奥莉芙冲到大门口抱住了外公。

他又带了紫色双肩包,于是奥莉芙问他,这次他们要去哪儿。可外公拒绝给她任何提示,而且连《肩并肩》也不唱了。

奥莉芙在心里把这首歌默唱了八遍半后,他们来到了一大片原始森林的入口。那里有一个牌子,上面写着:

香柏山自然保护区

奥莉芙想起来,之前有一次学校郊游她来过这里。

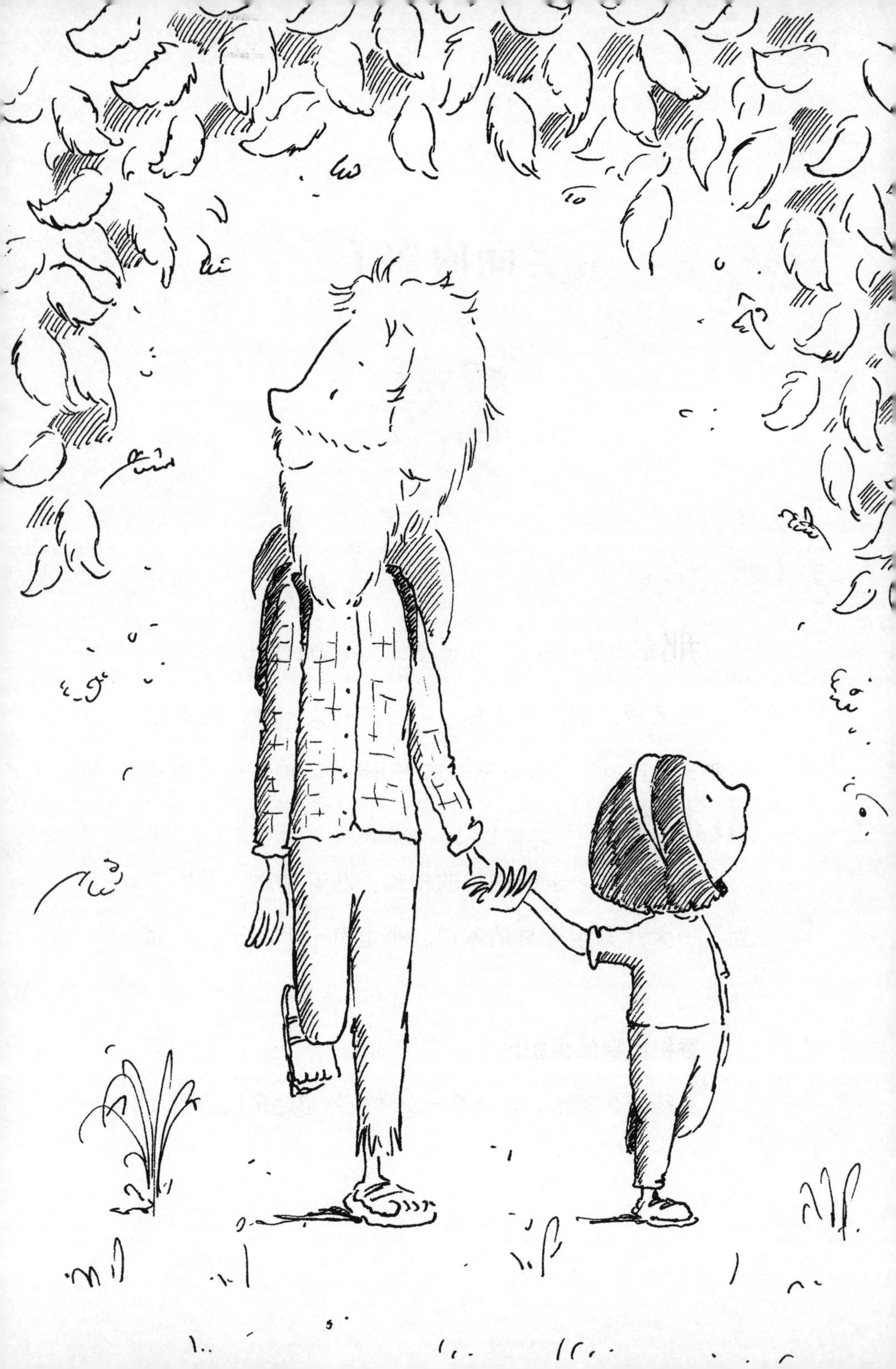

不过她对那天的所有记忆只有一只蹿上树的大蜥蜴，以及一个叫泰勒的男生的腿被水蛭咬了。

奥莉芙和外公手牵手走了进去。

他们脚下的地面有些潮湿，奥莉芙的呼吸里弥漫着枝叶和木头腐败后散发的香甜味道。有小鸟在头顶的树上叽叽喳喳地叫着，但是奥莉芙却看不到它们。

外公摘下帽子弯着腰。

奥莉芙注意到他的脑袋一直在不停转动，一会儿观察头顶的树冠，一会儿研究脚边的灌木丛，仿佛他的眼睛就是一台照相机，正在努力捕捉这里的每一处细节。

奥莉芙学着外公的样子到处看了起来，虽然她不知道自己在找什么，但希望不管怎样能看到点儿什么。

他们跟着刻在树上的标记走进一条小道，渐渐迷失在里面，仿佛他们可以从这里通往世界上任何地方。

无论是学校、小镇还是那只大象，统统都变得很遥远。

奥莉芙和外公肩并肩地躲在这片森林里，心里充满了安全感。

外公停住了脚步。

奥莉芙也停了下来。

外公用一根手指抵住嘴唇，示意她保持安静，但他的眼睛却一直盯着高处某个地方。

他用慢动作轻轻地摘下双肩包，然后拉开拉链从里面拿出一架望远镜。他用望远镜看向树顶，几秒钟后，外公苍老的脸上笑出了褶子。

"奥莉芙，"他看着望远镜轻轻对她说，"你知道鸽子长什么样子吗？"

"知道。"她说，"它们个子小小的、灰扑扑的。爸爸叫它们长翅膀的老鼠。它们很难看。"

外公蹲下身把望远镜递给她。他指着头顶叶子外高处的树干说:"你看那儿。"

奥莉芙透过望远镜往那儿看去,除了一片绿色什么都没有。

这时,她视线里有什么东西动了一下。

奥莉芙盯着那个点等着,又动了一下之后她突然看清了。

那儿有一只鸟,一只体形健硕的巨鸟。它长着圆鼓鼓的身子和细细的脖子,一双眼睛像亮晶晶的珠子似的。它身上的颜色是奥莉芙见过的最美丽的颜色——青翠欲滴的绿色、金光灿灿的黄色,还有它肚子上那块耀眼的深紫色。

"那是什么?"奥莉芙问。

"那是鸽子。"外公告诉她。

"但是……它长得可真大。"奥莉芙说,"而且还这么好看。"

"我知道。"外公说,"这种鸽子的名字叫巨果鸠。"

接着他轻轻拍了拍她的肩膀:"记住了,鸽子不全是灰色的。"

奥莉芙目瞪口呆地看着那只鸽子,点了点头。

黑白老电影

几周时间过去了,奥莉芙的生活依旧没有任何变化。每天下午,她都看着爸爸一摇一晃地走进门,身边跟着那只笨重的大象。他每天回来后都重复着同样的事情——把钱包放在冰箱上,喝一杯水,然后在她额头亲一下。

无论他做什么,那只大象都一直跟在他后面,悄无声息。

这个样子让奥莉芙想起了外公给她放过的那些电影,那些图像是黑白的,没有声音的老电影。

有时候,她向爸爸问起那辆自行车;有时候,她跟他说些别的事情——随便什么事情。

但大多数时候,就像今天这样,她什么也不说。

她看着爸爸例行公事地做完所有事——放钱包、喝水、亲她——就和弗兰迪跑到了屋外。

色彩缤纷的世界

  奥莉芙在蹦床上蹦来跳去，不停地变换着用膝盖、脚和肚子着陆。她从脚换到后背，再从膝盖换到脚，玩得不亦乐乎。

  她越跳越高，伸长了胳膊去够垂在头上的蓝花楹花。当她跳到能够着花的高度时，就能看到一棵长在屋顶排水槽里的小植物。奥莉芙一周前就发现它了，但是她向自己保证绝对不把这件事告诉任何人，以防他们把它拔掉。

  她从蹦床上跳下来，系好头盔爬上了蓝花楹树。

跟以前一样,奥莉芙又爬到了树干的最顶端,躺进了她的秘密基地里。

她低头看着下面的院子,属于她的世界,然后想到了她妈妈。外公总是说她妈妈在天上看着他们,她很好奇妈妈看到的是不是也是这些。

圆圆的蹦床。

长方形的绿色院子。

还有像一团脏兮兮毛球似的弗兰迪,在树下的草地上伸懒腰。

从这里往下看时,所有的东西看起来都井井有条又色彩缤纷。可一旦下去了,一旦从树上爬下去和一只大象生活在同一栋房子里,就会发现,生活其实是凌乱又有些灰扑扑的。

奥莉芙希望她妈妈能一直从高处往下看,只看到这个色彩缤纷的世界就好。

外公的唱机

一天晚上,当奥莉芙在画板上天马行空地涂鸦时,外公坐到了她床边。

"下周就轮到我带自己的旧东西去学校了。"奥莉芙对他说。

外公瞄了一眼素描本,那上面画了几只鸟、一只大象和很多紫色的花朵,正中间画着一辆自行车。

"还没修好吗?"外公问。

奥莉芙摇摇头,然后开始擦掉她的画。她捏着橡皮擦过纸面,将那只大象擦成了两半。

要是能这么容易就好了,奥莉芙心想。

"那跟我来吧。"外公搓着手说,"我还有别的东西或许你会喜欢。"

那是一个厚实的棕色盒子,上面带着旋钮开关和按键,顶上还有一个翻开的塑料盖。在盖子下面,有一个又大又圆的转盘,大小跟奥莉芙教室墙上的挂钟差不多。转台旁边有一根弯曲的金属杆,顶端连着一根朝外

指的针头。奥莉芙看着外公从一个塑料套里抽出一张黑色的圆片。那是一张黑胶唱片，样子和飞盘差不多。外公像照镜子似的对着唱片两面仔细看了看，然后把它放到圆形的转盘上，提起金属杆，转盘开始旋转。他用手指轻轻托住金属杆，让金属杆的针头悬在旋转着的唱片上方。接着，他轻轻地放下金属杆，让针头落在唱片上。

针头刚落在唱片上时发出了轻微的刺啦声，但没一会儿就变成了音乐声。

美妙的乐声充满了外公的小房间，里面不但有小提琴、单簧管，还有叮叮当当的钢琴伴奏。

悦耳的旋律在奥莉芙的周围流淌，将她环绕，她感觉整个房间变得越来越明亮，越来越色彩鲜艳。随着唱片的转动，那根细细的针头也滑进它的轨道，没一会儿就有一个声音出现在音乐中。那是一个甜美温柔的女声。

奥莉芙盘腿坐在唱机前，一边看着唱针一边听着从喇叭里流出的歌声。

突然,她满脸放光地对上外公的双眼。

外公的眼睛里闪烁着光芒。

"我知道这首歌!"奥莉芙大声地说,"这是《肩并肩》!"

这首歌就是《肩并肩》,只不过比她和外公唱得

慢了些，但歌词是一模一样的。奥莉芙跟着歌声哼了起来。当歌曲结束后，她又让外公放了一遍。他们放了一遍又一遍。

倒挂在单杠上

操场上,奥莉芙和亚瑟并排倒挂在单杠上。

"什么时候轮到你带东西来学校?"亚瑟的两条手臂和卷卷的头发一起垂向地面。

"再过几天就到我了。"奥莉芙晃荡着手臂说。

"你的自行车……"亚瑟问,"你爸爸有没有……"

他没把剩下的话说完,因为哪怕是倒挂着,奥莉芙脸上的表情也已经回答了所有的问题。

"那你打算带什么来?"亚瑟问,"你还有别的东西吗?"

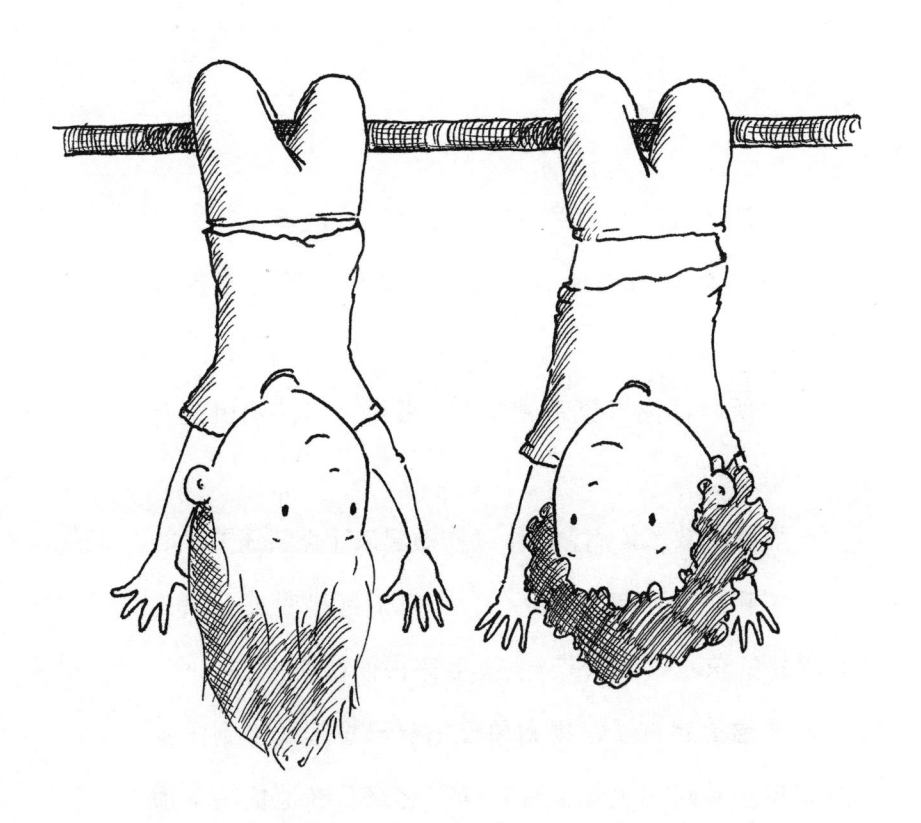

"其实……"奥莉芙说,"我外公那儿有很多东西,他有个老式唱机。"

"老式什么?"

"唱机。"奥莉芙说,"可以放音乐的。而且他还有一个打字机。"

"打什么?"

"打字机，可以用它在纸上打字、写故事之类的。"

亚瑟有些困难地点点头，毕竟他们现在是倒挂着的。

"所以，你打算带哪个？"亚瑟问，"唱机还是打字机？"

奥莉芙耸了耸肩，这个动作做起来比点头还要难。

"哪个都不带。"她说，"它们都是对外公来说很特别的东西。我想带一些对我来说很特别的。"

亚瑟抬起身子，摸到单杠把自己拉起来坐到了上面，奥莉芙随后也像他一样坐了起来。在他们的头顶上，巨大的树冠在风中摇曳，上面的枝叶飘来晃去你重我叠，只在交错间才露出星星点点的日光，然后很快又遮上，看上去就像在白天闪烁的星星似的。

"我们家的后院里有一棵大树。"奥莉芙说，"或许那个可以当作我自己的很老又很特别的东西。"

亚瑟愣了一下，哈哈大笑起来。"一棵树？"他压着嗓子说，"那你打算怎么把它带到学校去？"

奥莉芙也哈哈笑了起来。亚瑟说得对，她怎么可能把那棵蓝花楹树带到学校去呢？

不过就在这时，奥莉芙想到了一个主意。

爸爸的照相机

奥莉芙家里只有一台照相机。那台照相机是她爸爸的，对于使用它也有着严格的规定，但是奥莉芙没时间去管那些规定了。于是在那个下午，奥莉芙等到外公沉浸在填字游戏里后，就蹑手蹑脚地走进了爸爸的房间。

奥莉芙慢慢地走到放着照相机的架子前。就在她伸手要去拿照相机的时候，架子上的其他小东西抓住了她的眼球。

那里有一本旧书，发黄的书页仿佛一碰就会碎。

有一小把银币。

还有两张照片，都是她妈妈的照片。

在第一张照片里，她妈妈手捧着一杯咖啡，坐在室外的小桌旁正冲着镜头大笑。

在另一张照片里，她妈妈抱着还是婴儿的奥莉芙，那个样子和亚瑟在全班面前抱着自己手风琴的样子差不多。

架子上一共就这两张照片。

没有奥莉芙穿校服的照片，也没有她在跳蹦床或者骑自行车的照片。

仿佛她爸爸只想记得那些奥莉芙一点儿也记不得

的东西——她的妈妈以及他们之间那一整片海洋的秘密。爸爸被过去的时光困住了，从那时起，他的生活里只剩下一只大象。

奥莉芙抓着照相机溜出了房间，弗兰迪摇着它的长尾巴跟在她身后。

"外公。"奥莉芙大声告诉他，"我去后院。"

"好的。"他回道，"小心点儿，今天外面风有点儿大。记得戴上头盔，如果你要去爬——"

后门"砰"的一声被甩上，奥莉芙不等他说完就跑了出去。

蓝花楹树

奥莉芙站在草地上,把照相机对准蓝花楹树。如果她不能把这棵树实实在在地带去学校,那这无疑是除此之外最好的办法。她按下快门拍了一张照片,然后又拍了一张,接着她查看起那两张照片。

镜头刚刚好把整棵树照了进去,虽然照片里的蓝花楹树很美丽,但看起来太小了,在小小的长方形显示屏上看,像是隔了很远的距离。

奥莉芙又拍了几张照片,拍下了花朵和斑斑点点的树干的特写。她仰着头往上看,又拍了那些缠在一起朝天长的枝干。接着奥莉芙把镜头朝下,对着露在草坪外坑坑洼洼的树根拍了几张,这些从树干延伸出来的树根像虫子似的弯弯曲曲地钻进泥土里。绿色的草地、浅褐色的树干、浅紫色的花朵,缤纷的色彩透过小小的显示屏跃入她的眼睛。

奥莉芙的脸上也神采飞扬,她一边抱着照相机蹦来跳去,一边对着高大的蓝花楹树的各个部分拍个不停,用那些好看的照片拼凑出矗立在院子里的这个庞然大物。

奥莉芙开始往树上爬。

如果她想让玛琪老师和全班同学知道这棵树到底有多大、多古老、多特别,那她不单要让他们知道这棵树看起来的样子,也得让他们知道它给人的感觉是什么样的——那种坐在树顶最高的枝干上、沉浸在一片柔软的蓝花楹花海里的感觉。

奥莉芙爬到自己的秘密基地看向下方的院子，然后松开抱着树干的手臂把照相机举在身前。

一阵风吹过。

蓝花楹树随风摇摆。

奥莉芙从树上摔了下来。

漆黑一片

奥莉芙"砰"的一声掉到草地上。

她像一台报废的汽车似的,喀喀喀喀地又咳又喘。

天空在她的头顶不停地旋转。

树枝也扭曲地变了形。

弗兰迪在她旁边呜咽着舔她的脸。

接着,整个世界陷入了一片漆黑。

奇怪的声音

"**奥**莉芙,你醒了吗?"

她耳边传来一个低沉沙哑的声音。

"奥莉芙。"

那个声音迟缓又疲惫。

奥莉芙睁开了眼睛。

她眼前一片模糊。

只能隐约看见一团团模糊的颜色。

她是掉进水里了吗?

奥莉芙眨了眨眼,视线开始变得清晰起来。她在自己的房间里，躺在床上，但周围所有的东西，包括墙和窗户，都在围着她打转。

"奥莉芙。"她又听到了那个疲惫苍老的声音，"是我啊。"

她转头朝那个声音看去，不确定眼前看到的是一个人还是一个东西。

奥莉芙努力忽略视线里晃来晃去的墙纸，注视着

眼前那个东西,那个声音的主人。

接着,她看清楚了,那是一只乌龟,一只噙满泪水在眨眼睛的巨型灰色乌龟。

"奥莉芙。"它说道,"你能听到我说话吗?"

接着奥莉芙闭上眼睛又昏睡了过去。

苏醒

奥莉芙是被烤面包的香味和远处轻轻的鸟叫声唤醒的。

清晨的阳光从窗帘缝隙射了进来,把她的床脚照得暖洋洋的。

从她摔下来到现在过去多久了?一天,还是一周?

奥莉芙用手肘把自己撑起来打量了一圈房间。墙壁终于不晃了,所有的东西都是静止的。

而那只乌龟还在,它灰白苍老的脸上神色憔悴。在它旁边,外公一手端着咖啡,一手拿着烤面包坐在那儿。暴露在清晨阳光下的他看起来特别特别苍老。外公放下面包冲到奥莉芙床边,用他稻草人一样干瘦的手臂把她抱进了怀里。

"对不起。"外公抱着奥莉芙说。原来那个苍老的声音是外公的,不是那只乌龟的。奥莉芙感觉到他抽泣着说话时浑身都在颤抖。

"当时外面风那么大,我应该给你拿头盔的,我就不该让你出去。"

他们紧紧地抱着彼此。

"我没事了,外公。"奥莉芙安慰他,"我没事了。"

"那个时候……"外公吸了吸鼻子,"当我发现你——躺在地上的时候,还以为——"他深吸了一口气,"那种感觉像是又经历了一次失去你妈妈的时候。"

奥莉芙听完,把外公搂得更紧了,她从没有像这样用力地抱过他。奥莉芙盯着房间角落里的灰色大乌龟,彻底明白了这是怎么回事。

外公心里独自背负了沉重的悲伤。

那些悲伤重得就像一只巨大的乌龟。

而他之所以变成这样,都是因为她的错。

纸团

爸爸回家后把脑袋探进奥莉芙的房间里,发现她正坐在地板上,周围堆了许多揉成一团的纸团。

"你醒啦。"他说,"感觉怎么样?"

奥莉芙对他挤出一丝微笑:"我想不起来纸飞机该怎么折了。"

爸爸进来坐到她旁边,那只大象也把自己挤进了房间里。

"医生之前来过了。"爸爸告诉奥莉芙,"你得了脑震荡,只要再多休息一段时间就会好了。"

"好的。"奥莉芙点点头。

"能给我一张纸吗？"爸爸问她。

奥莉芙递给他一张纸，然后看着他拿在手里一会儿这样折，一会儿那样折，然后接着又这样折了一遍。

不过爸爸最后只弄出个乱七八糟的东西，还是没折出飞机来。

"外公很伤心，对不对？"奥莉芙问他。

爸爸点了点头。

"我知道他是因为我才变成这样的。"奥莉芙说，"因为我从树上摔下来，让他想起了妈妈。"

爸爸把折纸拿在手里翻来覆去，那个折纸在他那双大手的衬托下显得格外小。他的这双手对于修车驾轻就熟，却不太会做折纸。

"你没事才是最重要的。"爸爸说，"不用担心你外公，他没事的。"

奥莉芙往空中抛了个纸团，然后用手接住。她接

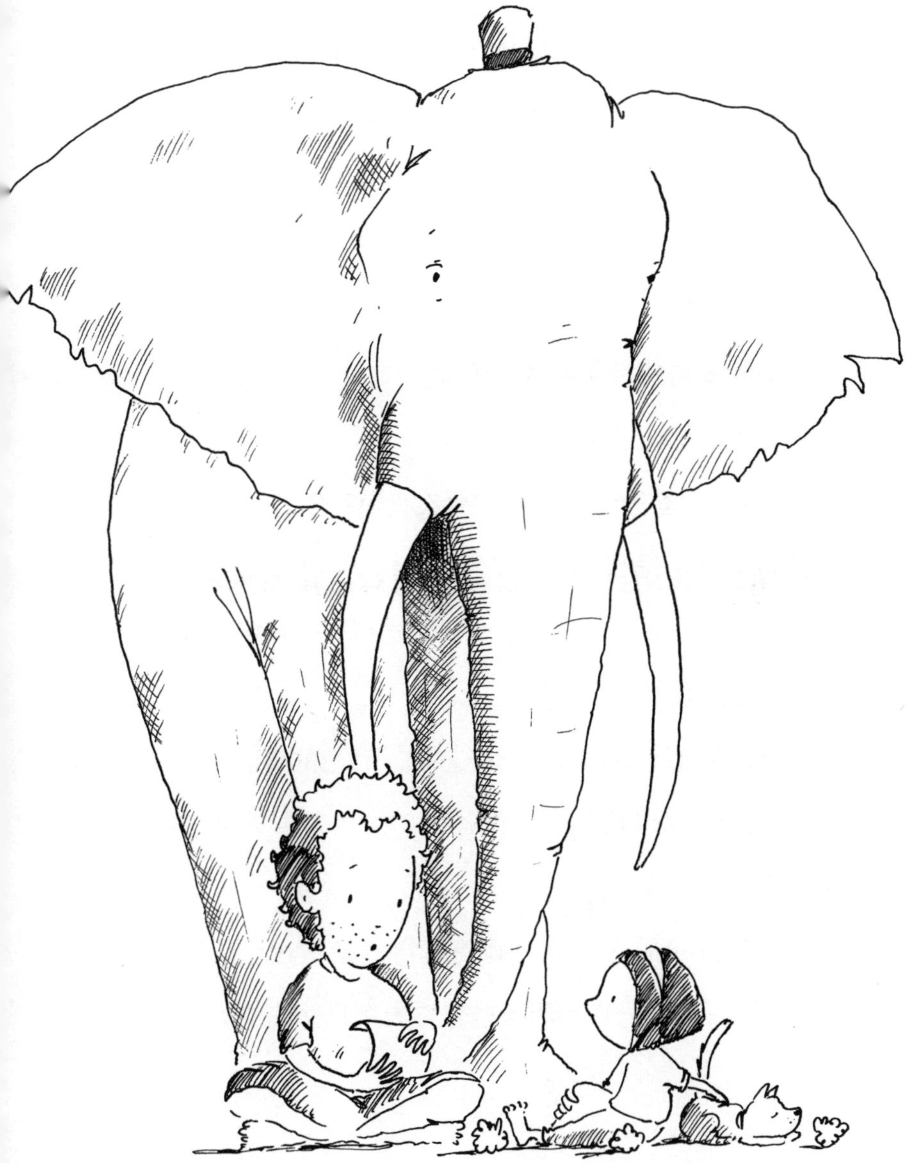

着又抛了一次，但这次却没接住，纸团落到弗兰迪身上把它吵醒了。"可是，他总不能一辈子都带着那只大乌龟走来走去吧。"

等等。

她刚才把这句话说出来了？

爸爸向奥莉芙投来不解的眼神。

她真的把那句话说出来了。

"乌龟？"爸爸奇怪地问，"什么乌龟？你还好吗？"

奥莉芙满脸通红。"嗯，我没事。"她真希望能把刚才说的话收回来，"就是——我觉得——我要是能替外公做些什么就好了。"

爸爸站了起来，他似乎已经忘记了乌龟的事。

"我知道你想帮忙。"爸爸说，"但是要改变一个人的情绪那太难了。"

奥莉芙也知道这一点，她简直再清楚不过了。这么长时间以来，她一直都看着爸爸拖着那只悲伤的大象在生活，一丝变化也没有。但是外公不一样。外公知道怎么折纸飞机飞进板球场，也找得到藏在森林里的美丽小鸟。是外公给奥莉芙的生活填上了色彩。

"他是世界上最棒的稻草人。"不好，她又把心里想的说出来了。

爸爸满脸担心地看着奥莉芙。

"你最好还是赶紧回床上躺着。"他说。

奥莉芙爬上床钻进了被子里。

"还有，记住了，"爸爸说，"别担心外公的事。"

但是奥莉芙怎么能不担心呢？外公不应该被一只乌龟压着。

她一定要想个办法才行。

书里的照片

"詹姆斯上次带了一台缝纫机来。"亚瑟在默读时间悄悄和奥莉芙说。

他的语速特别快,好像后面有谁在追他似的,说得很仓促。

"瑞娜带了她爸爸的老式手表来。还有人,好像就是艾拉,她带了一个差不多一百年前的书包来学校。不过与其说是个包,不如说是个行李箱。你能想象每天拖个行李箱来上学是什么样吗?"

这是奥莉芙从树上摔下来后第一天回学校,她缺了整整一周的课,所以亚瑟把她错过的那些又老又特别的东西——告诉她。

"最精彩的是山姆的展示,他带了一个曼陀林来。那个东西像一个缩小版的吉他,上面有八根琴弦,而且他叔叔还过来当场演奏了。我当时要是也带奶奶过来拉手风琴就好了。"

默读时间结束后,玛琪老师轻快地来到了教室。又到了分享又老又特别东西的时间。

"奥莉芙。"玛琪老师说,"很高兴看到你回来,你身体应该没事了吧?"

"是的,玛琪老师。"奥莉芙缩在椅子上轻声说。至少她现在不会时不时记不起事情了。

"你之前说打算带一辆旧自行车,今天带来了吗?"

奥莉芙盯着玛琪老师盘成一圈的橙色鬈发来来回回地看。玛琪老师耳朵上像呼啦圈似的耳环晃来晃去,她脖子上的项链轻轻地撞在一起发出叮当的响声。

"没有。"奥莉芙抠着手指说,"我爸爸还没把它修好。我本来打算分享我的树,但是——"

玛琪老师的表情变得十分温和,连带着她身上所有的东西也都安静了下来——无论是她的头发还是戴的首饰。她用温柔又直接的声音回应奥莉芙,仿佛全班只有奥莉芙一个人。

"没关系。"玛琪老师说,"我相信你一定能在校庆派对之前准备好。"

奥莉芙稍稍挺直身子点了点头。亚瑟眼神明亮,对她露出一抹好朋友之间才懂的微笑。

那本《大象百科全书》从默读时间到现在一直都摆在亚瑟的桌子上。奥莉芙看到翻开的书里有一张照片,上面是一只体形巨大的大象在尘土飞扬的小路上缓慢地迈着步子,旁边跟着一只象宝宝。它们在照片上投下漆黑又狭长的影子,但看上去却并不悲伤。照片上的画面让人感到一种特别的满足和平静,有一种对比强烈却又和谐的美感。体形大的大象看上去沧桑却充满智慧，稚嫩的小象对它满心信赖。

等到班上其他孩子都收拾好书桌时，奥莉芙还一动不动地盯着那张照片。

有办法了

那天晚些时候,奥莉芙和亚瑟又倒挂在单杠上。奥莉芙舒展着手臂,双手和地面若即若离。她闭着眼睛,任由一个又一个念头不停地在脑海中翻腾碰撞,一会儿是那只大象,一会儿是那只乌龟,就连亚瑟百科全书上的那张照片也不断地跳出来。

那些念头像一片片柔软的黏土,慢慢翻滚着融合到了一起,最后在奥莉芙的脑袋里揉成了一个大胆又冒险的主意。

"我刚才在想。"奥莉芙开口说道。

"嗯，什么？"

"我要带的那件又老又特别的东西。虽然我今天拿不出来，但是等到校庆派对的时候，我还是得拿出一件东西的。"

"你不会带那棵树去的，对吧？"

奥莉芙哈哈笑了："不会，我已经想到了别的东西，不过我需要你的帮助。"

"好哇。"

"其实——主要是需要你奶奶的帮助。"

亚瑟不解地眯起了眼睛："我奶奶？"

"我需要你请她来参加校庆派对。"奥莉芙抱起手臂点点头，"你上次说过，她很久都没参加过派对了。"

亚瑟挠挠他的小鬈发笑了笑。

"你要带的东西跟手风琴有关吗？"他问。

奥莉芙冲亚瑟向上竖了个大拇指，虽然在倒挂着的时候这看起来像是往下比大拇指，不过亚瑟明白她的意思。

生日快乐

校庆派对如期来临。

随着太阳落下,天空中开始出现点点繁星,上百个孩子和他们的家人涌入香柏山小学。气球从各个教室的窗户飘出来,彩带在教学楼四周随风飘扬,校园里的每一条小路边都点缀了一闪一闪的小彩灯。一个写着"生日快乐"的巨大横幅挂在教学楼的墙上。到场的很多老师和孩子都戴着礼帽和亮丽的领结,打扮得非常复古。

奥莉芙和外公还有他的乌龟一路小跑进了学校大

门。她爸爸要工作到很晚,今天来不了。奥莉芙一边走一边指着各种装饰向外公介绍,但他却兴致不高,只抬头看了一两次。外公拖着那只乌龟慢慢走着,周围色彩缤纷的装饰和彩灯营造出的节日氛围,丝毫没有感染到他。

人们陆续进入了大礼堂。等所有人都找到自己的位置后,学校的管乐队演奏了一小段欢迎曲。外公把自己窝进一张小小的塑料椅里,那只乌龟扑通一声在他旁边坐下。奥莉芙抱了抱外公,然后找到靠近礼堂前排的班级座位区,在亚瑟旁边坐了下来。

"还有别人知道你的计划吗?"亚瑟深棕色的眼睛睁得圆圆地问。

奥莉芙看着他忍不住想笑。

"就连玛琪老师都不知道。"奥莉芙说,"你奶奶准备好了吗?"

亚瑟向她指了指舞台旁边的阴影处,那里坐着一位上了年纪的女士,她的腿上放着一台手风琴。

"我从没见她这么兴奋过。"亚瑟说。

今晚的派对由一些看上去很重要的人开场,他们在舞台上站成一排,轮流说了一些听起来很重要的事情。他们当中有的人说话的时候离麦克风太近,吵得孩子们纷纷捂住耳朵;有的人说话时又完全忘记了开麦克风。

等那些看上去很重要的人都坐到位置上后，就轮到了每个班级的节目献演。第一个表演的是低年级的孩子们，他们在台上蹦蹦跳跳，逗得台下的观众们乐不可支。

接下来就轮到奥莉芙的班级献演了。

她的心开始怦怦狂跳起来。

一件又老又特别的东西

班上所有的孩子在台上站成一排,奥莉芙排到了队尾。每个孩子都要轮流走上前,在聚光灯下介绍一件他们拥有的又老又特别的东西。

一个网球拍。

一块昂贵的手表。

一块样子古怪的小滑板。

轮到亚瑟介绍的时候,他并没有拿出那个手风琴,而是捧着一本页脚都翻起了毛边的旧书。亚瑟说了什么关于那本书的故事,逗得观众哈哈大笑,但是奥莉芙的耳朵里除了自己咚咚的心跳声外，什么都听不到。

她紧张得浑身发抖，牙齿打战。

她都不知道自己的计划能不能成功。

她看向自己的身侧，发现一扇通向外面球场的门是开着的。

现在跑还来得及。只要跑出那扇门、穿过球场，就能回到家和弗兰迪待在一起了。

"奥莉芙。"有人在小声叫她的名字，是缩在舞台下方的玛琪老师，"轮到你了。"

奥莉芙走到聚光灯下的同时，礼堂里响起了一阵甜美的乐声，音乐声由弱到强。当亚瑟的奶奶慢慢走上舞台，站到孩子们的队伍后时，大礼堂里所有人的目光都看向了舞台边。亚瑟的奶奶小心翼翼地抱着那台老旧的手风琴，脸上绽放出灿烂的笑容。她按着上面的琴键，来回拉着手风琴，让优美的旋律充满了整个礼堂。实在是很难相信，她手里的这件乐器和亚瑟几周前在教室里拉得嘎吱乱响的是同一件。

奥莉芙握着麦克风的手在发抖。"这是一首我外公教我唱的歌。"她向所有人介绍道。

亚瑟的奶奶站在奥莉芙旁边,在她说完后,开始用手风琴拉出歌曲的旋律。

奥莉芙开始唱了起来。

这是一首曲调古怪的小曲,一首对奥莉芙而言又老又特别的歌曲。

它就是《肩并肩》。

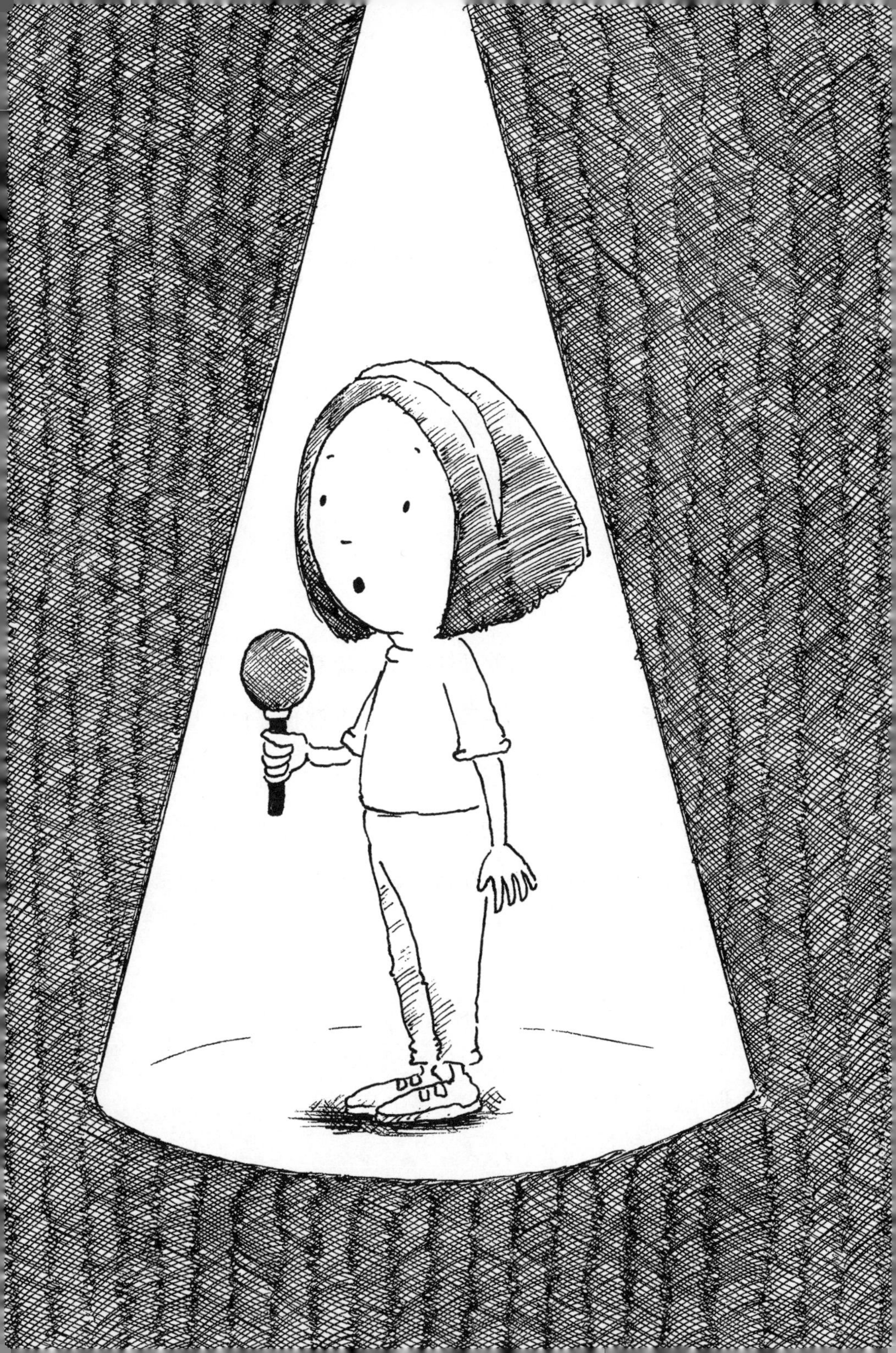

另一件又老又特别的东西

随着一句又一句歌词被唱出,奥莉芙的声音变得越来越沉稳响亮。她的手不再发抖,两腿也不再打战。她一边唱一边观察台下观众在享受音乐时的小细节:他们有的跟着音乐节拍拍手,有的身体跟着左右摇摆,他们的眼睛里闪着亮光,仿佛一颗颗亮晶晶的小雨滴落在黑漆漆的礼堂里。

唱到最后一段时,亚瑟站到了奥莉芙旁边,跟着她的歌声跳起了舞,就像古代时两个在海边吟唱的水手似的。亚瑟把胳膊搭在奥莉芙的肩上假装自己会唱。

但其实他只跟着唱了最后一句,台下有些观众也跟着一起大声唱了出来。

礼堂里响起了震耳欲聋的掌声,声音大得仿佛有飞机在屋顶降落。奥莉芙从没听过比这更响的声音。

奥莉芙看向礼堂边坐在塑料椅里的外公,她在他脸上看到了引以为豪的灿烂笑容。他的眼睛里有泪光闪烁,小小的泪珠顺着他脸上的皱纹滑过,仿佛久旱后的雨水流过干涸的河床,填满了上面每一道沟壑。自从奥莉芙从树上摔下来，这是外公看起来最高兴的一次，奥莉芙简直无法想象，外公在这样的时刻还会被那只乌龟影响。

奥莉芙的计划奏效了，但她的最终目标还没达到。她希望那只乌龟能彻底消失。

奥莉芙清了清嗓子。"谢谢，谢谢大家。"她像个马戏团领班似的说，"在这里我要特别谢谢亚瑟的奶奶，还有亚瑟的帮助。"

观众的掌声和欢呼声变得更热烈，奥莉芙等到礼堂里安静下来后才再次开口说道："这是我最喜欢的一首歌，它很老也很特别。因为外公和我总在一起唱所以我很喜欢它。这首歌唱的是相互陪伴的故事，正是外公和我一直以来的生活写照。"

外公揉着眼睛点了点头。

"但我还有另一件又老又特别的东西想向大家介绍。"

奥莉芙说到这儿停了一下。

所有人的目光都集中到了她身上。

"那是什么？"前排有人轻轻地问。

奥莉芙说："是我外公。"

所有人都转头看向那个坐在礼堂边的老人。他坐在那儿，瞪大了眼睛，嘴巴微张。

奥莉芙招呼外公到舞台上去。他从椅子里站出来，大步朝她走去。无数张专注的脸庞目送他踏上舞台，看着他身姿挺拔地站在奥莉芙身边。他搂着奥莉芙的肩膀，高高地挺起干瘦的胸膛，仿佛一只骄傲的鸽子把雏鸟护在自己温暖的羽翼下。

"外公是所有又老又特别的东西里我最爱的那个。"奥莉芙说，"外公什么都会。他会给我做午餐和晚餐，他会送我上学，他会在我睡觉前和醒来后给我拥抱。他还教我唱歌，带我去镇子周围探险。他带我认识那些美丽的小鸟，带我放纸飞机，带我认识那些很久以前的神奇东西，比如打字机和唱机。而且他还会跟我讲我妈妈的故事。"

奥莉芙说到这儿停了下来，从口袋里掏出一张纸。她花了很长时间才把后面的话说对，所以她特意把它们写下来以免自己忘记。

"是外公擦掉了我生活里的灰色部分，又在那些

地方涂上颜色。"

就在这时,外公用干瘦的手臂抱住了奥莉芙。台下的观众为他们欢呼雀跃,玛琪老师悄悄眨掉了眼睛里的泪水,亚瑟的奶奶高兴地拉了一声手风琴,把那些忘了她存在的孩子吓了一跳。

奥莉芙靠在外公怀里,越过他的肩头,看着那只灰色的老乌龟消失在门外。

天塌下来

第二天，奥莉芙躺在蹦床上盯着头顶浅蓝色的天空，觉得它仿佛是一张随风展开的巨大床单，被阳光一直晒得褪了色。

她想到了《肩并肩》里有一句歌词提到过天塌下来。那本来应该是一件很恐怖的事，就像世界末日一样。

可是眼前挂在小镇上方的天空是这么明亮干净，奥莉芙一点儿也不觉得这样的天空塌下来能造成什么伤害。

她觉得现在没有任何事情能伤害她。

她已经赶走了那只年老体弱的乌龟，她让外公又高兴了起来。

　　那种能量满满的感觉仿佛一阵愉悦的电流划过奥莉芙全身，酥酥麻麻得让她在蹦床上扭来扭去，然后忍不住蹦起来。

　　她越蹦越高，比之前蹦得高多了。

　　她看到了那株长在排水槽里的小植物，它在午后的阳光下闪闪发光。

可是当奥莉芙看到爸爸在家里漫无目的地溜达，身旁跟着那只毫无生气的大象时，她的动作渐渐慢了下来。

校庆派对结束后，奥莉芙就把他们彻底抛在了脑后。谁让她爸爸彻底错过了那晚的事情呢。

奥莉芙的自行车还是坏着的，而她现在也不像之前那么需要它了。她的生活依旧可以缤纷多彩，哪怕没有那辆自行车。

哪怕没有爸爸的参与。

奥莉芙看着爸爸和那只大象绕过房子的转角，她突然注意到，那只大象看上去比之前更大了。

它像一只可怕的庞然大物拖累着爸爸，让他时时刻刻都被笼罩在阴影下。她看着他们一起爬上楼梯走进房子，台阶被他们的重量压得弯曲变形。

就在他们即将走进房子时，奥莉芙突然大喊了一

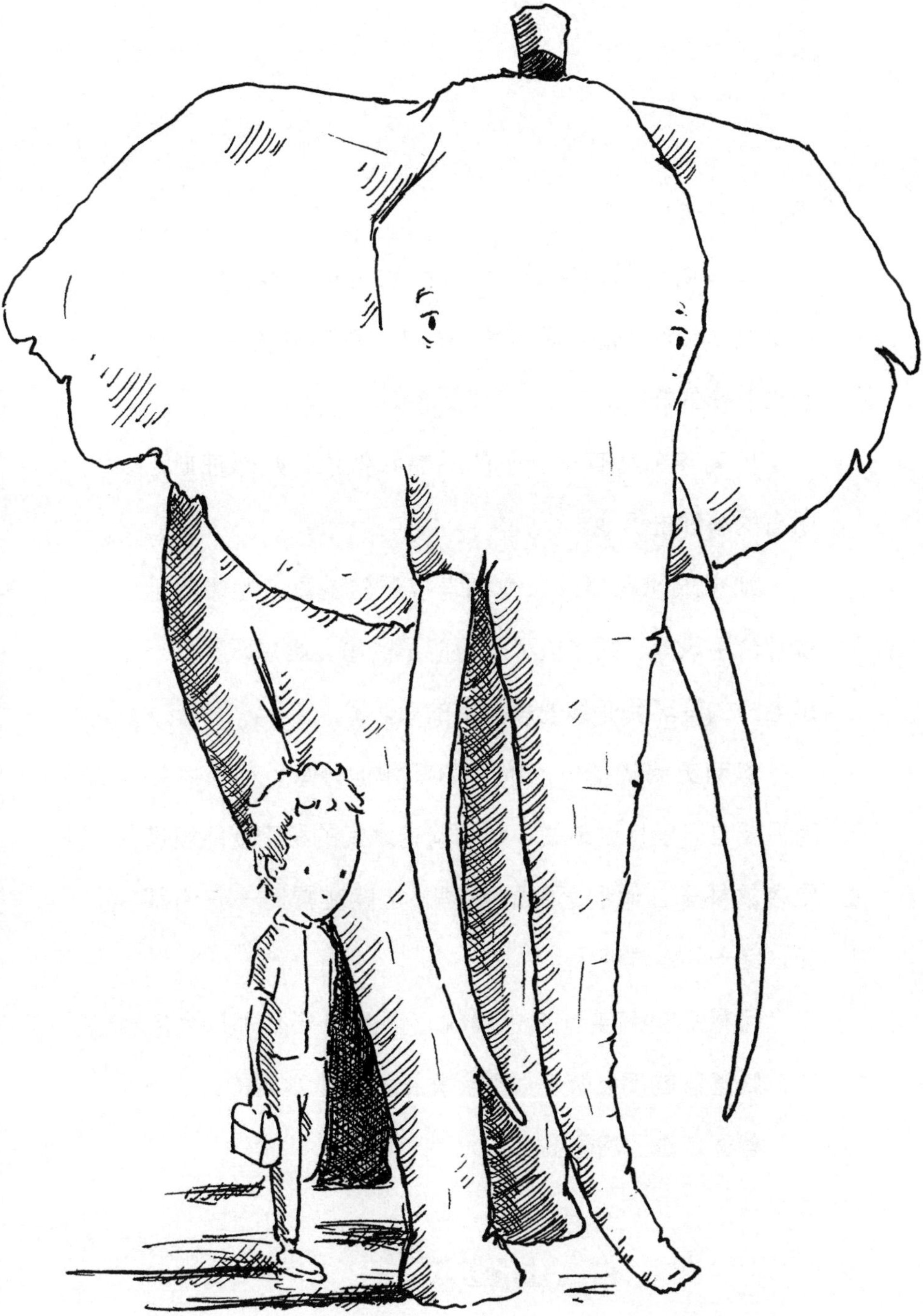

声:"爸爸!"

爸爸听到后转过身。他整张脸黯然无神,仿佛一块被海水和沙子磨平了棱角的石头。奥莉芙从没见过他这么悲伤的样子。

奥莉芙突然有一肚子的话想和他说,她想把自己所有的事都告诉他。

她想跟他说那只乌龟和学校派对的事,她想跟他说那台手风琴、纸飞机和彩色鸽子的事,她想跟他说玛琪老师的耳环和亚瑟的那些书的事。

奥莉芙渴望把自己的一切都和他分享,而且她知道只要自己坚持说下去,她和爸爸之间的秘密就能填满更多的杯子,他们之间的秘密一定能变得比一条河都多,比一片海洋还大。

可最后奥莉芙什么也没说,因为只要有那只大象在,她爸爸就不会听——不会真正用心听她讲的话。

爸爸走进了房子。

奥莉芙从蹦床上滑下来,靠坐在蓝花楹树下。弗兰迪在她旁边嗅了几下,然后呜呜地叫着摇尾巴,奥莉芙用冷静又坚定的声音告诉它:"我要赶走那只大象。"

关爱他人的心

这天放学后,外公又背着紫色双肩包来接奥莉芙了。

奥莉芙和外公站在一间店铺外的小路上,店门是一扇老旧的木门,窗户上布满灰尘。这间店在小镇商场的边上,他们一共唱了七遍半《肩并肩》才走到。

外公从双肩包里掏出一瓶水喝了一口。奥莉芙用手遮在眼睛两边,趴在窗户上往里看。玻璃上的灰尘让她看不太清里面的样子。

"这是什么地方?"奥莉芙问。

"一个二手商店。"外公告诉她,"这里面全是一些很老很特别的东西。"

"我之前都不知道这里有这家店。"奥莉芙拍拍手上的灰说。

"知道这里的人不多,但是这家店已经在这儿开了很多年了。"

奥莉芙转头看着外公问:"我们能进去吗?"

"不仅能进去,"外公说,"我们还要上楼,到房顶上去。"

外公拉开那扇老旧的木门,嘎吱的开门声仿佛一个沉睡多年的老家伙被叫醒后在嘟嘟囔囔。他们走进店里,立刻闻到一股混杂着旧木料和发霉衣服的味道。奥莉芙和外公不停四处看着,周围堆满了琳琅满目的东西让他们目不暇接。阳光透过窗户,斜斜地洒进店里,照在那一摞摞稀奇古怪的东西上面,也洒满了房间里每一寸地面和每一个角落。

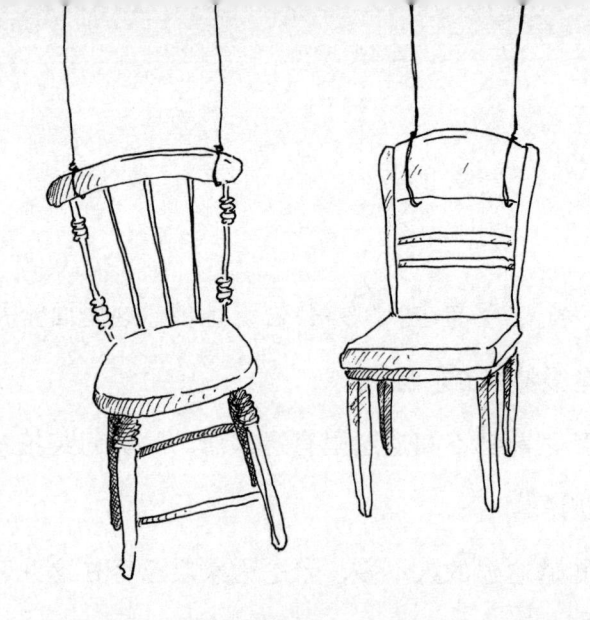

屋子里有好几货架的老式衣服，还有堆得像小山似的棕色破行李箱。几个轻巧的自行车和餐桌椅从房顶上垂挂下来。排列得像迷宫似的书架弯弯曲曲地沿着墙壁伸向远处。旁边有好几张书桌、床，还有成箱的鞋子，以及上面放满了杯子、茶壶和平底锅的餐桌。奥莉芙看到店的正中间架着一个巨型望远镜，它的镜筒长长地伸出来对着高处的窗户。

"走这边。"听到外公轻声示意，奥莉芙跟在他身后。

奥莉芙踮着脚，小心翼翼从那些又老又特别的东西中穿过，她一边走一边想象着其中一些东西的故事，

她幻想着在很久以前的某个地方,这些东西曾经对一些人来说是多么地重要。

奥莉芙和外公走到店铺后面的楼梯前,窄窄的楼梯上铺着地毯,像螺旋一样一圈圈地往上。这个楼梯比奥莉芙之前想的要高得多。她跟在外公身后,看着他用像稻草人一样细细的腿,不停地往上爬呀爬,最后终于爬到了一扇门前。

"我们到了。"外公说着扭动了门把手。

随着房门被打开,他们来到了室外,而且是站到了店铺的屋顶上。屋顶周围有一圈水泥栏杆,奥莉芙倚在栏杆上望着下面向远处蜿蜒的商场。路面上没有车辆，只有走来走去的行人。每个急匆匆进出商场采购的人看着都特别小。

"我们站得好高哇，外公。"奥莉芙开心地说。

"没错。"外公说，"所以我们要来这儿，这栋楼是镇里最高的建筑。"

接着，外公从紫色的双肩包里拿出一张纸，就像他在板球场上做过的那样，他把它这样折折，再那样折折，不一会儿一只纸飞机就折好了。

外公把纸飞机抛了出去。一阵微风把纸飞机托得高过了他们的头顶，它在商场顶端转了个圈，然后在午后的空气里平稳无声地游荡起来。最后，纸飞机越飞越低，落在了一个小男孩的脚边。那个小男孩捡起纸飞机四下看了看。

外公和奥莉芙连忙蹲下，躲到栏杆后面，他们咯咯笑着，浑身都散发着令人战栗的兴奋，仿佛完成了一个隐秘又精彩的小恶作剧。

在他们蹲着的时候，外公凝视着小镇上方翻涌得像奶昔似的云朵出了神。

"你在校庆派对上为我做的事，真的让我很感动。"外公对奥莉芙说，"你有一颗愿意关爱他人的心，所以才会做那样的事，才会想办法让一个老人高兴。"

奥莉芙觉得全身涌过一阵刺刺麻麻的感觉，这种感觉她之前在蹦床上也感受过。

奥莉芙有了一个主意。

"你还有纸吗？"她问外公。

奥莉芙和外公又折了一只纸飞机，但她没有马上把它从房顶上抛出去。

"外公。"奥莉芙问，"你有笔吗？"

外公在双肩包里翻了翻找到一支蓝色的笔。

奥莉芙在飞机上写下：

你的头发真好看。

接着，她把纸飞机从房顶上扔了出去。纸飞机在

空中盘旋了一会儿，才渐渐往下落，最后轻轻撞到了一位费力拎着一大堆购物袋的女士的手臂上。那位女士放下手里的袋子捡起纸飞机，她一边打开它一边扫了眼商场周围，仿佛很奇怪这个纸飞机是从哪儿来的。奥莉芙和外公从栏杆边探出脑袋观察她的反应。

那位女士看完纸飞机上的话后脸色顿时变得明朗起来，随后又轻轻拍了拍自己的头发。她再一次看了看商场周围，接着拎起购物袋满面笑容地走了。

外公拍拍奥莉芙的肩膀说："我们再做一个吧。"

下午的时间渐渐过去，他们从屋顶上抛出了一只又一只纸飞机，每一只里面都写着不同的话，期待能被发现它的路人看到。

有的飞机里写着：我喜欢你的鞋子。

有的写着：看看那些紫色的云朵。

还有的写着：你笑起来真好看。

所有捡到纸飞机的人一开始都觉得奇怪，可当他们看到纸飞机里的话后，每个人脸上都会露出愉悦的神情。似乎从没有人怀疑过，这些纸飞机是从这间二手商店的房顶上飞下去的，而写下那些话的，是一个干瘦得像稻草人似的老头子和一个年龄不大却爱心满满的小女孩。

那些动物

奥莉芙和外公一边哼着他们的歌一边慢慢地往家走。他们一路上看着天空从蓝色变成橙色,然后再变成黄色、粉色,最后变成了浓紫色,看上去就像那只漂亮鸽子胸前的颜色。奥莉芙在外公旁边一会儿蹦蹦跳跳,一会儿转个圈。那些又老又特别的东西像放电影似的,在她脑海里一幕幕浮现,她觉得自己轻盈自在,就像一只在小镇上空翱翔的纸飞机。今天的紫色双肩包活动是她最喜欢的一次。

或许是因为今天的天空太美了,又或许是因为她下午高兴得有些忘乎所以，奥莉芙突然有一股冲动，想要做一件之前从未做过的事，告诉外公一个她保守了很久的秘密。

奥莉芙清了清嗓子。

"外公。"她叫住他。

"怎么了？"

"我有时候会看到一些动物，很大的灰色动物，但它们都不是真实存在的。"

外公听后丝毫没有被吓到，他照旧向前走着，仿佛奥莉芙刚才说的就是一些日常学校里的或晚餐的事。

"你是什么意思？"外公问。

"就是，"奥莉芙解释道，"我知道那些动物不是真实存在的，它们只是我幻想出来跟在别人身后的动物。"

"你一直都能看到吗？"

"不是的。"奥莉芙说，"只在有人难过的时候我才看得到。如果我看到谁很难过——真的特别难过的那种——我就会幻想出一个大大的灰色动物,它会一天到晚跟在那个人身边,把所有事都弄得困难又沉重。"

他们俩一路慢慢悠悠地往家走。这时的天色已经变得很暗,漫天的星星像溅在窗帘上的碎光似的铺在空中。

"我身边有那种灰色的动物吗?"外公问。

"之前有过。"奥莉芙告诉他,"因为我从树上摔下来让你心里特别难过,所以就出现了一只大乌龟跟着你。不过我已经把它赶走了。"

"你是怎么赶走它的?"

"我让你高兴起来了。"奥莉芙说,"你还记得校庆派对上的事吗?"

外公微微一笑,然后不露痕迹地瞄了眼奥莉芙问道:"还有谁身后有动物吗?"

奥莉芙沉默了,可她的身子抖了抖,整个人绷得紧紧的，仿佛有压抑了许久的火山即将爆发。

"你爸爸呢？他身后有动物吗？"

奥莉芙觉得这个问题沉重得让她迈不开脚步。她边走边踢着一块鹅卵石，有那么一刻，她觉得自己听到了弗兰迪在远处的叫声。

"有的。"奥莉芙说，"他有的，而且还是所有灰色动物里最大的一只。"

外公放慢了脚步，让自己和她保持并肩而行。"是因为他太难过了吗？"

奥莉芙点点头，然后停了下来。她站在人行道上，仰着头望着漆黑的天空，希望天不要这个时候塌下来。

"他有一只大象。"奥莉芙说，"一只巨大的灰色大象。在我的幻想中，它一直都在爸爸身边。那只大象太大太重了，我不知道要怎么做才能把它赶走。"

外公屈着他稻草人一样细长的腿，蹲在奥莉芙身边。

"你爸爸已经难过很久了。"他告诉奥莉芙,"或许他还会继续再难过一段时间,不过他不会永远都这样的。"

"可他看着像是永远都会这样下去。"奥莉芙说。

"我知道。而且我知道你虽然赶走了那只乌龟,但这只大象的块头可能对你来说太大了,所以你没法一个人赶走它。"

奥莉芙又呆呆地盯向夜空，然后渐渐地，一个想法隐隐约约在她脑海中出现。这个想法一开始像初升的星星似的，又小又模糊。可接着，它变得越来越大、越来越亮，数量也越来越多，最后连成了一片璀璨的星河。

"外公。"奥莉芙慢慢地组织着语言，生怕她的计划有什么闪失，"不如你来帮我吧？你帮我一起赶走那只大象怎么样？"

外公低头看向奥莉芙聪明的小脸。

"我有个东西想让你看看。"外公说，"是一件很老很特别——而且或许能帮得上忙的东西。"

外公的工具房

那天夜里晚些时候，奥莉芙带着弗兰迪坐在了外公工具房的凳子上。挂在屋顶上的灯泡发出朦胧的橙黄色光芒，照亮了堆在周围的东西。锈迹斑斑的铲子，一摞摞摇摇欲坠的罐子，还有一辆没有轮子被倒过来放着的独轮手推车。泥土的清香和化肥的臭味交织着弥漫在空气中，奥莉芙还听到架子下有蟑螂窸窸窣窣爬过的声音。

"找到了。"房间里响起外公温柔沙哑的声音。

他走到一个高高的货架前，上面放着一些碎陶片。

这些碎片或许是一个破罐子或花瓶的碎片。外公小心翼翼地摩挲了一会儿这些碎片，然后轻轻托着它们放到了工作台上。奥莉芙从凳子上滑下来站到他旁边。

当奥莉芙看着外公把这些碎片拼好时，她立刻就认出了它的形状。

"一只大象。"奥莉芙惊讶地说，"这是一只大象。"

外公点点头。原本四分五裂的陶片在他稻草人一般干瘦的手下被拼成了一个整体，变成了一只好看的大象。这只大象看上去栩栩如生，长着大大的耳朵和长长的鼻子，就连每条粗壮大腿上的半月形脚趾都被精心刻画了出来。大象的背上有一个洞，可以往里面填土，把它当成花盆用。

这时，奥莉芙看到了些别的东西。在大象的一条腿上刻着两个小小的字母。

"那是——"她用手指描着那两个字母问。

"你妈妈的名字。"外公搂着她的肩膀说，"那是她名字的简写字母。"

"但是妈妈的名字怎么会写在这里？"

弗兰迪挠了挠奥莉芙的腿，外公搂着她的手臂用力收紧了些。

"因为这是她亲手做的。"外公说得有些艰难，仿佛有些话卡在了喉咙里。

奥莉芙的计划

奥莉芙捧着大象罐子的碎片回想起过去几个月来，那些填满她生活的事情——无论是灰色的还是彩色的。

她想到了外公的打字机和唱机，洁白的纸飞机和彩色的鸽子。

她想到了弗兰迪和那只乌龟，亚瑟的那些书，她妈妈的旧自行车和她爸爸身后的大象。

奥莉芙一边看着手里虽然碎了，却是她妈妈亲手做的漂亮花盆的碎陶片，一边和外公聊天。

他们聊奥莉芙的妈妈、爸爸，最后还聊了怎么才能把她爸爸身后那只大象赶走的计划。

彩虹色的大象

再过几周学校就要放假了,奥莉芙把她赶走大象的计划统统告诉了亚瑟。这是一个令人兴奋不已的计划,它会用到外公过去用来给奥莉芙生活添色的所有东西:纸飞机、《肩并肩》,以及外公那些又老又特别的东西。

"你真的觉得这样能成功吗?"亚瑟一边剥着有些压坏的香蕉一边问,"你真的觉得这样能赶走那只大象?"

奥莉芙咬了一口她的沙拉卷。

"我希望可以。"她回道,"我已经受够了到哪儿都有它跟着,那么大、那么重,还灰扑扑的。"

"啊!"亚瑟放下香蕉喊了一声,"那倒是提醒我了,我有东西要给你看。"

说完他飞快地朝教室跑去,没一会儿就抱着那本《大象百科全书》回来了。

"你看这个!"亚瑟说着翻到书的最后几页。

那是一张足足占了两页纸的大象照片,但奇怪的是,那只大象不是灰色的,而是涂满了各种你能想象得到的鲜艳颜色——黄色、绿色、紫色、红色、橙色、蓝色还有甜美的粉色。那些颜色填在各种图案和圆圈里,画出了树叶、花朵、星星和弯弯的月亮的图案。那只大象的耳朵上挂着亮晶晶的珠宝,背上还搭着一条金色的毯子。

"哇。"奥莉芙惊叹地吸了口气,"我从没见过这么好看的动物——"

"在印度他们会进行这样的比赛，"亚瑟告诉她，"比赛画大象。"接着，他眨着亮晶晶的眼睛说了句奥莉芙听着有些熟悉的话，"这说明了，大象并不都是灰色的。"

奥莉芙想起了那只漂亮的鸽子，脸上露出笑容。

这时，所有的东西都在奥莉芙的脑海中连成了一串：彩虹色的大象、妈妈的破花盆，还有那个让她爸爸高兴起来的计划。

奥莉芙简直有些迫不及待了。

赶走那只大象

星期六的早晨。

奥莉芙站在爸爸的卧室门口悄悄往里张望。她爸爸还在睡,不过已经快醒了。只见他慢慢地朝一侧翻了个身,一条腿在被子底下伸了伸。一阵微风拂过他的脸庞,他打了个激灵,然后睁开了一只眼睛。

他床前天花板的电扇上绑着一只黄色的纸飞机,正随着扇叶在空中绕圈飞着。他笑了笑从床上坐起来,然后发现他的被子上还有一只纸飞机,上面还写着字。奥莉芙很清楚他打开纸飞机后会看到什么,因为那都是

她亲手做的。那张纸的周围她用水彩笔画了花朵、星星和小鸟,中间是用那台老式打字机打上去的一段话:

亲爱的爸爸:
　　请你来蓝花楹树下面吃早餐。
　　动作要快,不然早餐该凉了!
　　　　　　　　爱你的奥莉芙

爸爸飞快地从床上跳了下来,奥莉芙在他发现自己前,踮着脚从门外溜了出去。当爸爸打开后门时,奥莉芙已经和外公一起在树下等着了。爸爸慢慢地走下台阶,站在草地上看向那棵蓝花楹树。当看到树枝上挂着上百只纸飞机时,他情不自禁地张开嘴发出惊叹和笑声。一眼望去,紫色、橙色、蓝色、绿色、黄色和红色的纸飞机在空中飞舞着,像在跳风中芭蕾似的转着圈。

这棵高大的蓝花楹树上仿佛开出了五颜六色的花朵，那些尖尖的、带着棱角的纸飞机形状的"花朵"在树上哗哗地飞来飞去。

树下有一张小桌子，上面摆好了盘子和杯子，还放着一托盘的鸡蛋、番茄和吐司。奥莉芙和外公坐在桌边朝爸爸露出灿烂的笑容。她爸爸穿着皱巴巴的睡衣向他们走来。

"这些……太漂亮了。"他结结巴巴地说。

在她爸爸坐下后，他们开始大口大口地吃起早餐。热乎乎的炒鸡蛋下肚，让奥莉芙的胃里暖和了起来，她开始有心情观察起自己周围的东西：头顶上五颜六色的纸飞机在风中翩翩起舞，桌子下嫩嫩的青草挠得她脚底痒痒的，以及她的爸爸。

奥莉芙看着清晨的阳光照亮了爸爸周六早晨的脸庞，那张胡子拉碴又干涩的脸庞。她的计划似乎开始起作用了。爸爸明显看上去很高兴，而在那一刻，她实在无法想象那只大象还会在附近。

不过,她还是得确认了才行。

奥莉芙想亲眼看着那只大象迈着缓慢的步子离开,然后永远地消失。

当他们把盘子里的早餐吃个精光后,奥莉芙用餐巾擦干净嘴,然后向爸爸伸出手。

"爸爸。"奥莉芙边说边努力回想外公教她的那些话,"你想跳舞吗?"

她爸爸挑了挑眉毛笑了,然后他用自己粗糙的大手握住奥莉芙纤细的小手,和她一起站在了树下。这时,不知从什么地方响起了音乐声,舒缓灵动的乐声在空气中飘荡。

奥莉芙的爸爸转身看到在树荫下的草地上,外公身旁放着一台老式唱机。

"那是你的唱机?"爸爸问,"从楼上搬下来的?"

外公点了点头。

奥莉芙牵着爸爸走到树荫外的大草坪上。当唱机里响起《肩并肩》的第一句歌词时，他们开始跳舞。奥莉芙握着爸爸的手，按照外公教她的样子踏着舞步。虽然她总会踩到爸爸的脚，但随着歌曲继续，奥莉芙的动作变得越来越熟练，最后已经能在草地上流畅地跳起

来了。奥莉芙跳着跳着开始咯咯地笑起来，她爸爸也高兴地哈哈大笑。

很快，他们就边笑边在院子各处跳了起来。他们一会儿围着蓝花楹树绕圈，一会儿又蹦蹦跳跳地绕开蹦床，接着又摇摇晃晃地躲开轮胎秋千。就在院子里的音乐声变得更响时，爸爸猛地把奥莉芙抱了起来，她兴奋地尖叫了一声。他接着把奥莉芙举得高高的，带着她不停地转圈。眼前的一切都变得模糊不清，无论是纸飞机、蓝花楹树的花，还是他们的房子和草地，都在一层美丽的迷雾下跟着旋转起来。

当歌曲结束后，爸爸渐渐停下来，让奥莉芙站到草地上。

"我还有一件东西要给你。"奥莉芙站好后对爸爸说。

她蹦蹦跳跳地穿过院子跑进外公的工具房，然后从里面小心翼翼地捧着一个东西朝爸爸走来。

奥莉芙把怀里的东西举到爸爸眼前，郑重得仿佛在给一位新国王加冕。

那个东西是她妈妈做的大象陶罐，如今它不再是一堆碎陶片了。

那些陶片被胶水重新粘成了一只大象的形状，大象背上的洞里还开出了紫色的花朵。爸爸沉重的双手接过罐子，用手指拂过象腿上的缩写字母。

"我记得这个东西。"爸爸边说边把罐子转了一圈，

"但是它现在多了很多颜色。"

他说得没错,因为奥莉芙用叶子和花朵把这只大象画出了彩虹的颜色。

奥莉芙咧着嘴笑了,说:"大象不全都是灰色的,爸爸。"

爸爸蹲在奥莉芙身前,把自己胡子拉碴的脸挨着奥莉芙的脸,然后紧紧地抱住了她。

"谢谢你。"他对奥莉芙说。

就在爸爸紧紧把奥莉芙抱在怀里时,奥莉芙发现院子里有什么东西在动。它浑身灰扑扑的,又大又笨重,正是爸爸的那只大象。

奥莉芙搂紧她爸爸,然后看着那只大象穿过草坪往外走去,直到消失在她视线中。

那只大象彻底走了。

爸爸的车间

在放假前的最后一天,奥莉芙和亚瑟一边商量着假期见面的安排,一边慢悠悠地往校门口走。

"我到现在都还没爬过你的树呢。"亚瑟十分期待和奥莉芙一起爬她的树。

"我想继续学那个手风琴。"奥莉芙也对亚瑟的手风琴念念不忘。

他们走到门口后,奥莉芙张开双臂抱住了外公。

"你好啊,宝贝。"外公高兴地说。

等奥莉芙发现他背着紫色双肩包后,顿时满脸放光。

他们俩哼着《肩并肩》，蹦蹦跳跳地沿着人行道一路走去。在唱完第七遍的时候，他们走到了小镇外的一条工业街上。在这里，大小不一的工具房、各种机器以及轰隆隆的卡车随处可见。

他们在一个机修工的车间外停了下来。

"这里看上去像爸爸的车间。"奥莉芙对外公说。车间办公室的门锁着，金属卷帘大门也降着。"但是……爸爸去哪儿了？"

"他……嗯……"外公抓了抓他稀疏的白发，"他在别的地方，不过他想让我带你来看些东西。"

外公升起卷帘门，他们走了进去。车间里弥漫着汽油和油漆的味道，脏兮兮的抹布扔得到处都是。车间的正中间停着一台别人送来修的车，车子的引擎盖开着，露出里面油乎乎的金属部件，就像一个躺在手术台上的病人。

外公按下一个开关,整个车间顿时亮了起来。

奥莉芙看到车间墙的一瞬间,心脏几乎都停止了跳动。

墙面上贴满了奥莉芙各种各样的照片:小婴儿样子的奥莉芙、刚上学时候的奥莉芙、在蹦床上玩的奥莉芙,还有在沙滩边跳着闪躲浪花的奥莉芙。那些照片既有在学校里拍的,也有度假时拍的,还有些是不知道什么时候抓拍的。在那些照片中还有很多奥莉芙画的画,从她最早胡乱的涂鸦,到最近的素描,应有尽有。车间

里的墙上几乎找不到什么空白的地方。

"这里一直都是这样的吗？"奥莉芙问外公。

外公点点头："从很多年前开始就这样了。"

奥莉芙在车间里走来走去，惊讶地盯着墙上的照片和画，突然，她明白了为什么外公今天要带她来这里。外公在告诉她一个秘密，他仿佛拉开了一层窗帘，让奥莉芙看到了她爸爸对她真正的感情，看到了她爸爸到底有多爱她。一直以来，奥莉芙都只看得到爸爸身边的那只大象和它巨大的灰色阴影。如今那只大象消失了，她终于看到原来在阴影之外，阳光一直都在。她觉得自己仿佛被托到了茫茫的海面上空，她终于看到了整片大海的样子，看到了她爸爸藏在其中的秘密。

这种感觉真的太美好了，然而当奥莉芙在车间里环视一圈后，脸上的微笑却淡了下来。

"我的自行车不在这里。"她扭头对外公喃喃地说，"而且——爸爸到底去哪儿了？"

外公扬扬眉毛，然后拍了拍自己的双肩包。

"惊喜还没结束呢。"他神秘地说。

奥莉芙的惊喜

奥莉芙到家后,看到弗兰迪正在房前的台阶上气喘吁吁地兜圈子。她正要朝弗兰迪走去时,外公拉住了她的手。

"跟我来这边。"他笑容满面地说。

外公用他饱经风霜的大手捂住奥莉芙的眼睛,然后带着她绕过房子侧面。弗兰迪从台阶上小跑下来跟在他们旁边。他们一路来到后院,接着慢慢朝蓝花楹树走去。

"你准备好了吗?"外公问她。

奥莉芙点点头。

外公把手从她脸上挪开。

"哇!"奥莉芙惊讶地屏住了呼吸。

她面前摆着一辆自行车,在午后的阳光下闪闪发亮,奥莉芙激动得喘了几口气。

这是奥莉芙的自行车。

她妈妈留下来的自行车。

奥莉芙弯着腰凑到自行车前,用手轻轻地拂过车身和座椅上的缝线,然后她捏了捏轮胎、按了按车把手,最后拨了下车铃。

丁零!

这个声音就像那台老式打印机的一样。

接着奥莉芙站了起来。"这辆车竟然在这儿。"她惊讶地问,"那爸爸在哪里?"

"我在这儿呢。"

一个低沉的声音从奥莉芙头顶传来。

奥莉芙抬头望向蓝花楹树，在茂密的枝叶中看到了他。

她的爸爸。

他坐在一截较粗的树干上，手里拿着一只崭新的白色纸飞机在朝她笑。

"爸爸！"奥莉芙兴奋地叫他，"你在上面干什么？"

"你看这个。"他没有回答奥莉芙的问题而是说，"我学会怎么折纸飞机了。"

爸爸说完用力把飞机从树上扔了出去。它在空中划出了一道美丽的弧线，然后稳稳地盘旋着降落到草地上。

奥莉芙抬头对爸爸露出灿烂的笑容。她心里仿佛有一群蝴蝶在扇动翅膀，连她的手都跟着颤抖起来。

眼前发生的一切都是真的吗？

她不是在做梦吧？

不，或许这就是梦想成真的感觉吧。她爸爸爬了树、折出了纸飞机,他还修好了她的自行车。

要是那只大象还在的话,这一切都不可能发生。

"别愣着了。"爸爸从树上跳下来说,"骑上去试试吧。"

外公从双肩包里拿出奥莉芙的头盔。她戴好头盔、双手握紧车把手,然后一只脚踏在踏板上,另一只脚用力在草地上一蹬。车轮沿着一条直线在草地上摇摇晃晃地滚了起来。接着,奥莉芙骑得更快了些,开始围着蹦床和蓝花楹树在院子里流畅地兜起圈子。她迎着风骑得越来越快,感觉像在飞一样,就像一只精巧的纸飞机翱翔在午后的天空里。

奥莉芙骑了一圈又一圈,站在草坪中间的两个大人不断给她加油打气,他们的欢呼和掌声让奥莉芙身上又蹿起那股熟悉的酥麻感。她把他们的灰色动物都赶跑了。

那只乌龟消失了,那只大象也消失了。

就在那时,奥莉芙却渐渐放慢车速停了下来。

他们家里还徘徊着一只灰色动物没有走。

这只动物奥莉芙从没跟任何人提过,只有她自己知道。

一只长着四条小短腿、尾巴长得出奇的小灰狗。

和它告别

奥莉芙把自行车在草坪上停好,然后从房子侧面绕到前门,避开爸爸和外公。她想象着弗兰迪正坐在门口,摇着长尾巴望着她。

奥莉芙蹲下来紧紧抱住了它。弗兰迪舔舔她的脸,舔掉了一滴滑过她脸颊的泪珠。弗兰迪曾陪着奥莉芙度过了很多伤心难过的时刻,无论是在奥莉芙摔倒、哭泣或是想念没见过面的妈妈时,还是她感到迷茫、孤单或是毫无缘由地难过时,弗兰迪总会抽着鼻子呜呜叫着出现在她身边,紧紧地靠着她给她温暖。

可现在,奥莉芙虽然很不舍,却也知道自己不再需要它了。她已经能足够高兴、足够坚强地去过没有它的生活了。

奥莉芙贴在弗兰迪毛茸茸的耳边,最后一次和它说悄悄话。

"我已经全好了,"她告诉它,"你放心走吧。"

说完奥莉芙紧紧抱了它一下,然后放它离开。她看到弗兰迪转过身,尾巴翘得高高地沿着小路跑开。

它温暖的背影渐渐变小,直到最后,彻底消失不见了。

特别好的名字

第二天早晨,奥莉芙和爸爸躺在蹦床上观察头顶沙沙作响的蓝花楹树叶,外公在南瓜地里走来走去,捉着那些毛茸茸的大叶子上的蚂蚱。

爸爸脸上挂着周六早晨没刮的胡楂,奥莉芙一边摸他扎手的下巴一边和他聊天。

她跟他说学校里那些又老又特别东西。

她告诉他那只美丽的鸽子和在二手店房顶上扔纸飞机的事。

她甚至还跟他说了那些灰色动物的事。

爸爸静静地躺着，听奥莉芙把那些故事娓娓道来。那些事在奥莉芙心里已经存了太久太久，现在她终于能说出来了。那种感觉就像在笼子里关了很久的小鸟，终于能在明亮的天空里展翅翱翔。

等奥莉芙全部说完后，爸爸捏了捏她的手。"知道吗，我在想或许我们应该养一只自己的动物。"他对奥莉芙说，"我是说，一只真正的动物。"

"宠物吗？"奥莉芙弹起来跪在蹦床上。

她天马行空地想了起来。

"我们可以养一头长颈鹿吗？"奥莉芙问，"或者红毛猩猩？"

爸爸皱了皱眉。

"那养只企鹅怎么样？"奥莉芙跪着在蹦床上弹来弹去，"或者巨嘴鸟？猫鼬？或者熊猫宝宝？"

爸爸揉揉她的头发，哈哈大笑。

"慢慢来、慢慢来。"他说，"我们不如先养一

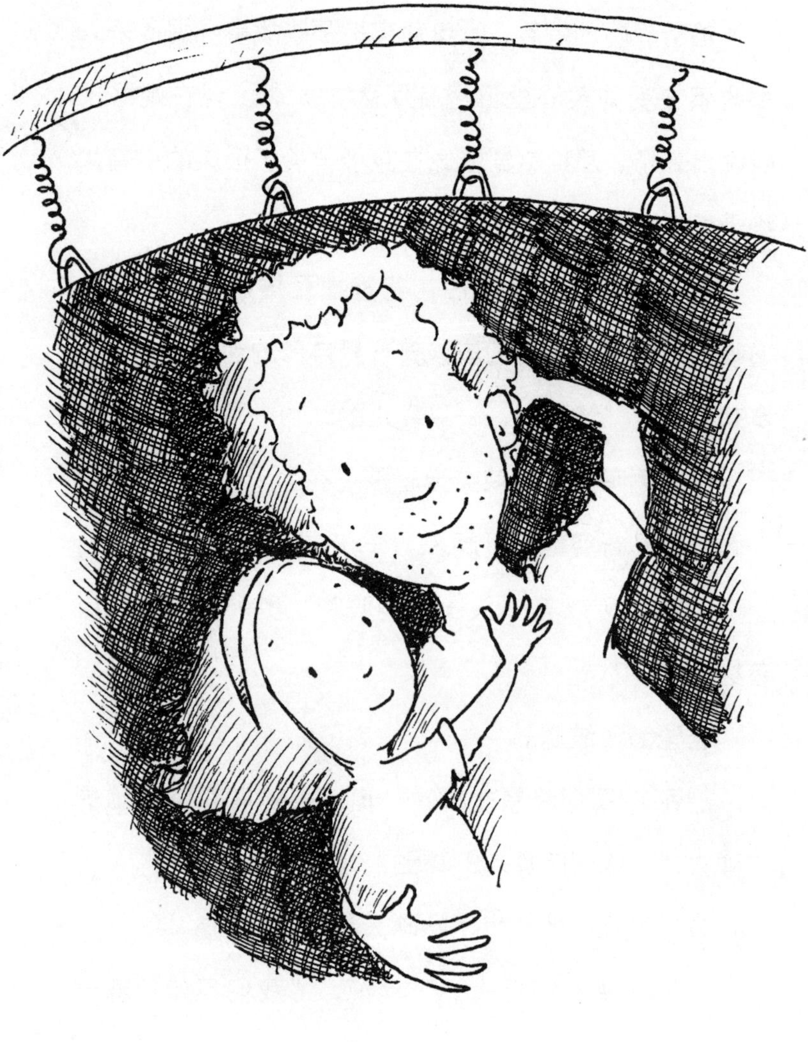

只小狗,晚点儿再考虑熊猫吧。"

"好的。"奥莉芙说着躺了回去。

"那我们首先得给它取个名字。"爸爸说,"你有什么适合小狗的好名字吗?"

奥莉芙闭着眼睛偎依在爸爸身旁,她想起了她的老朋友,那只长着四条小短腿、尾巴长得出奇的小灰狗。

"有的。"奥莉芙轻轻地说,"我知道一个特别好的名字。"

感 言

我很自豪自己的名字能出现在这本书上，但这并不是我一个人的功劳，有更多人的名字应该出现在这里。

感谢克里斯汀娜·舒尔茨，感谢你从一开始，在我颤抖地把前几章内容交给你、不清不楚地说出我脑海中尚未成型的想法时，就对这个故事充满信心。我很感激你对这部短小作品的投入和关注。

感谢克里斯蒂·布什内尔，感谢你发现被我忽视的每一处小细节，并且竭尽所能让我改正过来，也感谢你帮我按计划完成了所有内容。要不是你，我现在可能还在画大象呢。

感谢马克·麦克劳德，你把编辑变成了一门美丽的艺术。你帮我把这个故事润色得比我想象中更精彩。我很喜欢读你的修订，差一点儿就想让你再多改改了，差一点儿。

非常感谢乔·亨特的精心设计,也谢谢她对我选封面时的优柔寡断的容忍。

感谢整个昆士兰大学出版社团队,感谢你们邀请我加入,感谢你们对我的大力支持。

感谢艾莉森·帕特森在看完初稿后给了我很大的鼓励。

感谢我的父母和全家人,谢谢你们的爱与支持。

对于布朗、苏菲和伊丽莎白来说,一个整天都在幻想大象和乌龟的丈夫和爸爸可能会令人感觉有些奇怪,但当我不这样做的时候,我通常都在想,我是多么幸运能有你们在身边。你们就像奥莉芙的外公一样,抹去我生活中的灰色部分,又用色彩把那里填满。

最后要感谢我们长着小短腿和长尾巴的小灰狗乔治,虽然你最近已经老得不适合这个世界了,但每当有大象走近时,你总是知道该怎么把它赶走。

作者简介

彼得·卡纳华斯是一位为儿童和成年人创作的绘本作家。他的第一本书《杰西卡的盒子》(Jessica's Box) 入围了昆士兰总理文学奖和澳大利亚童书协会克莱顿新兴插画家奖。此后他创作了许多书籍，包括《城市里的最后一棵树》(Last Tree in the City)、《爱书的孩子》(The Children Who Loved Books) 和《忧郁的蓝鲸》(Blue Whale Blues)。他还绘制了达蒙·杨那套称赞家庭多样性的幽默绘本系列。他是学校里很受欢迎的主持人，他的作品被翻译成了多种语言，包括意大利语、葡萄牙语、韩语和荷兰语。目前，彼得和他的妻子、两个女儿以及一只名叫弗洛伦斯的可爱的小狗住在阳光海岸。

再见!
大象先生!